KB240229

두꺼비 선생님 2

두꺼비 선생님 2

발행일   2026년 1월 23일

지은이   심형섭
펴낸이   손형국
펴낸곳   (주)북랩

출판등록   2004. 12. 1(제2012-000051호)
주소   서울특별시 금천구 가산디지털 1로 168, 우림라이온스밸리 B동 B111호, B113~115호
홈페이지   www.book.co.kr
전화번호   (02)2026-5777   팩스   (02)3159-9637

ISBN   979-11-7598-102-7 03810 (종이책)   979-11-7598-103-4 05810 (전자책)

잘못된 책은 구입한 곳에서 교환해드립니다.
이 책은 저작권법에 따라 보호받는 저작물이므로 무단 전재와 복제를 금합니다.
본 도서는 (주)북랩이 보유한 리코 인쇄 장비 등 자체 생산 인프라를 통해 제작되었습니다.

작가 연락처 문의 ▸ ask.book.co.kr

전용 게시판에 문의를 남기시면 저자에게 직접 전달됩니다.

(주)북랩 성공출판의 파트너

북랩 홈페이지와 SNS에서 다양한 출판 솔루션을 만나 보세요!

홈페이지 book.co.kr   •   **블로그** blog.naver.com/essaybook   •   **출판문의** text@book.co.kr

카톡채널 북랩

평생 교육자가 들려주는 인성과 관계,
그리고 성장의 지혜

두꺼비 선생님 2
탄천을 건너면

심형섭 지음

📖 북랩

나는 『두꺼비 선생님』을 출간한 뒤, 그 이전에 남에게 했던 모든 아쉬운 부탁을 합친 것보다 더 많은 부탁을 하고 다녔다. 이전부터 나를 아는 다른 몇몇은 '아니, 저 사람이 이렇게 하고 다닐 사람이 아닌데!' 하는 표정이었다. 자존심이 상할 만도 한데, 그것이 아니었다. 사람이 더 겸손해진 느낌이 들었다.

알고 지내던 현직의 교장, 교감, 교사에게 내 책을 세 권씩 보내 드렸다. 다행이라고 해야 할지, 그간 친분을 쌓고 지낸 분이 그리 많지 않았다. 책을 잘 받았다거나 재미있게 읽었다는 답장을 보내 준 분들께는 진심으로 감사한 마음이 들었다.

세상에 공짜는 없다. 오히려 공짜가 가장 비싸다. 내가 책을 세 권씩 보낼 때는 당연히 '책을 조금이라도 더 팔아 달라'는 속내가 없었다고는 말할 수 없다. 사람들은 대체로 자기 돈을 들여 책을 사서 읽는 데 인색하다고 한다. 그렇다면 학교에서는 워크숍 때 교사 연수 자료로 구입해도 좋고, 학급에서는 온 책 읽기 활동을 위해 한 학급 학생 수만큼 구입하여 독서 활동을 진행해도 좋다. 친척이나 지인에게 선물용으로 건네기에도 책만 한 것이 또 있을까 싶었다.

　사실 나는 글을 쓰면서 스스로 큰 깨달음을 얻었다고 여겼다. 마치 내가 새롭게 발견한 진리인 양 글을 써 내려갔다. 그러나 그것은 착각이었다. 다른 사람들은 이미 오래전에 깨달았고, 그 깨달음을 바탕으로 다져진 인품을 지니고 살아오고 있었다. 늦은 사람은 나 자신뿐이었다. 그 사실이 부끄러웠다.

　그런데도 나는 또다시 두 번째 이야기를 썼다. 스스로 많이 뻔뻔해졌다는 생각이 들었다. 부끄럼 같은 것은 모른 체하기로 했다. 다만 글이 읽기 편하다는 말, 책장이 술술 잘 넘어간다는 반응, 어린 시절 자신의 경험과 겹쳐 재미있게 읽었다는 후기가 적지 않았다. 세린초등학교 학생들 역시 나의 다음 이야기를 기다리고 있다. 그래서 나는 오늘도 조금 더 뻔뻔해지기로 스스로 다짐해 본다.

　또한 이 책의 삽화는 대부분 AI의 도움을 받았음을 밝힌다.

목차

추억 속의 옛이야기

현재 초등학교의 생생한 생활 모습

배우는 즐거움, 익히는 기쁨

두꺼비
선생님

지혜가 담긴
삶의 이야기

탄천을 건너면

*

저기 탄천을 건너면 내가 가야 할 일터가 있다. 아름 보도교를 지나면 내가 앉을 의자가 있고, 그 곁에는 책상과 컴퓨터가 놓여 있다. 지난 2년 동안 나는 그 모니터 앞에 딱 달라붙어 업무를 처리하고, 글을 읽고 쓰는 일에 몰두했다. 웬만해서는 자리를 오래 비우는 법 없이 묵묵히 그 공간을 지켰다. 그렇게 그 초등학교에서의 2년이 흘러갔다. 떠날 때마다 남는 아쉬움만큼이나 시원한 해방감도 교차하니, 상투적인 말이지만 참으로 시원섭섭하다는 생각이 든다.

돌아보면 참 많은 이들의 도움을 받았다. 동료 선생님들의 사려 깊은 마음과 교직원들의 배려가 큰 힘이 되었다. 다들 사람에 지치고 업무에 고단했을 텐데도 내색하지 않고 각자의 자리를 견뎌 냈을 것이다. 그때는 미처 다 알지 못했던 고마움이 떠나는 길목에서야 크게 다가온다. 학교 운영의 부족함이 있었을 텐데도 넓은 마음으로 이해해 주신 학부모님들의 지지 그리고 언제나 해맑은 웃음으로 다가오던 학생들의 따뜻함이 있었기에, 무난하게 여정을 마무리할 수 있었다. 그 은혜에 보답하지 못한 미안함이 고마움을 앞선다.

날카롭게 고집을 부리거나 누군가를 미워했던 순간 끝엔 언제나 텁텁한 후회만 남았다. 나는 참으로 사람을 몰랐고, 세상은 더더욱 몰랐다. 하지만 그 부족함을 인정하게 된 지금이 차라리 다행인지도 모른다. 그 서투름이 오히려 나에게는 약이 되었을 것이라 믿어 본다. 문득 입가에 이문세의 노래 〈알 수 없는 인생〉의 한 구절이 맴돈다.

"언제쯤 세상을 다 알까요?"
"얼마나 살아봐야 알까요?"
"정말 그런 날이 올까요?"

모르기에 인생은 아름답다는 그 노랫말처럼, 나 역시 알 수 없는 내일로부터 묘한 위로를 얻는다.

내일도 탄천은 흐르고, 모레도 아름 보도교는 그 자리에 있을 것이다. 하지만 다리를 건너도 이제 내가 앉을 의자는 거기 없고, 내가 켜야 할 모니터의 불빛도 더는 보이지 않을 것이다. 한동안은 습관처럼 다리 위를 서성이다 멍하니 되돌아오기도 할 것이다. 건너가면 하루가 시작되고 건너오면 하루가 저물던 그 익숙한 왕복이 벌써부터 아득해진다.

두꺼비 선생님 2

나 홀로 마라톤

*

11월 15일 토요일 오전 11시 10분, 드디어 14km 완주를 목표로 출발했다. 탄천에서 나 홀로 마라톤을 시작한 것이다. 기온은 약 12도로, 가만히 서 있으면 약간 쌀쌀할 정도라 마라톤을 뛰기에 최적의 조건이었다. 반바지를 입고, 상의는 땀 흡수가 적은 기능성 셔츠에 바람막이 겉옷을 더했다. 몸 상태는 대체로 최상이었으나, 굳이 단점을 찾자면 운동화가 전문 마라토너용이 아니라는 점, 그리고 휴대폰을 바지 주머니에 넣고 달려야 한다는 불편함 정도였다.

탄천 이매교 아래에는 용인시 경계까지 8km, 서울시 경계까지 8km를 알리는 표시가 있다. 즉, 탄천의 성남 구간은 총 16km이고, 그 중간 지점이 이매교인 셈이다. 1km마다 표시가 되어 있어 기록을 확인하기에도 편리하다.

지난 4월 말에도 이매교에서 서울 경계 쪽 1km 지점까지 왕복 14km를 달린 적이 있다. 당시에는 첫 14km 도전이어서 기록보다는 완주에만 집중했다. 호흡도 좋았고, 발가락에 물집도 생기지 않았으며, 무릎도 무리가 없었다. 그러나 10km쯤 달린 뒤부터 고관절 통증이 시작되었고, 거우 완주하긴 했지만 그 이후로 여름이 다 지나갈 때까지 고관절이 삐걱거렸다.

여름이 끝날 무렵, 다시 달리기를 시작했다. 몸 상태는 훨씬 좋아졌고, 힘도 넘쳤다. 탄천에서 8km, 10km, 12km까지 매주 거리를 늘려 갔다. 그러다 마침내 오늘 14km에 다시 도전하게 된 것이다. 오늘 역시 기록보다는 완주에 초점을 두기로 하고, 목표 시간은 100분으로 잡았다.

이번에는 용인 경계 1km 지점까지 갔다가 되돌아오는 코스를 선택했다. 지난주 토요일에는 2km 지점까지 왕복 12km를 뛰었고, 일요일에는 용인 경계까지 걸으며 1km 지점을 미리 확인했다. 목표 지점을 미리 알아 두면 달릴 때 심리적 부담이 훨씬 줄어든다.

출발 직후에는 당연히 힘이 넘친다. 그렇다고 초반부터 지나치게 속도를 내면 돌아올 때 체력이 부족해진다. 탄천에서 용인 방향으로 달리는 길은 전체적으로 약간 오르막이다. 물길이 용인 쪽에서 서울 쪽으로 흐른다는 사실을 생각하면 자연스러운 지형이다. 다만 달릴 때는 오르막이 크게 체감되지는 않는다.

두꺼비 선생님 2

반환점에서 방향을 돌았다. 시계를 보니 약 42분이 걸렸다. 7km를 42분에 달린 것이니, 1km당 6분 페이스다. 이제는 서울 방향으로 내려가는 코스이므로 기록을 조금 더 단축할 수 있을지도 모른다. 그러나 항상 그런 공식이 들어맞는 것은 아니다. 이미 7km를 달리며 체력이 꽤 소모되었기 때문이다.

출발할 때는 기록에 마음을 두지 않겠다고 다짐했지만, 달리다 보니 욕심이 생겼다. 조금만 힘을 내면 당초 목표인 100분을 훨씬 앞당길 수 있을 것 같았다. 그러나 욕심이 생기면 무리가 오는 법. 9km 지점에서는 체력이 급격히 떨어지기 시작했다. 걷고 싶다는 생각이 들었다. 기능성 셔츠에 바람막이까지 입었는데도 배가 차가웠고, 앞을 막고 천천히 걷는 사람들을 피해서 가는 것도 일종의 장애물처럼 느껴졌다. 발바닥도 아팠다. 그동안 한 번도 없었던 통증이었다. 밑창이 얇은 탓인지 콘크리트 바닥에 그대로 닿는 듯한 느낌이 들었다. 속도를 줄이면 고통이 줄겠지만, 기록 욕심이 그마저도 허락하지 않았다. 그런데 또 하나 예상치 못한 일이 벌어졌다. 갑자기 큰 뱀 한 마리가 탄천에서 나와 내 앞길을 가로질러 언덕 쪽으로 향한 것이다. 갑작스러워서 놀랐고, 뱀이 너무 커서 놀랐다. 그래서 달리는 리듬도 흐트러지고 말았다.

　이런저런 어려움 속에서도 결국 처음 출발했던 이매교 아래에 무사히 도착했다. 드디어 14km 완주. 가장 궁금한 기록을 확인해 보니 86분 54초, 약 87분이었다. 목표했던 100분보다 훨씬 단축한 기록이다. 배는 여전히 차갑고, 호흡은 가빴으며, 발바닥 통증은 계속되고 있었고, 등줄기를 타고 흐르던 땀은 점점 차갑게 식어 가고 있었다. 땀이 더 식기 전에 빨리 집으로 향해야 했다. 힘들었지만 보람은 컸다. 성공적인 나 홀로 마라톤이었다.

입이 간질간질하다

✳

　입이 간질간질하다. 다음 주면 드디어 『두꺼비 선생님』 책이 나온다. 그런데 아직 다른 사람들에게는 말하지 않았다. 정확히 말하면 두 사람만 알고 있다. 한 분은 이미 책을 출판한 경험이 있는 분이라 출판 관련 조언을 구하는 과정에서 자연스럽게 말하게 되었고, 또 한 사람은 나의 아내다. 그 외에는 누구에게도 알리지 않았다. 미리 입방정을 떨어서 괜히 부정이라도 탈까 봐 걱정되었기 때문이다.

　내가 어떤 일을 하면서 '부정 탈까 봐' 걱정한다는 건, 그만큼 그 일에 신중하고 정성을 쏟고 있다는 반증이다. 잘못되면 안 된다는 간절한 마음이자 작은 기도이기도 하다. 어제도 하마터면 비밀을 털어놓을 뻔했다. 내가 습작한 글을 단체 카톡방에 올렸는데, 뜻밖에 많은 분들이 반응을 보였다. 독자 후기처럼 여러 의견이 달렸고, 그중 한 분은 글이 너무 재미있다며 '책으로 나오면 사겠다.'라는 댓글을 남겼다. 그 순간 '다음 주에 책이 나옵니다.'라고 답할 뻔했다. 정말 입이 간질간질하고, 손가락이 근질근질했다. 하지만 부정 타지 않게 꾹 참았다.

교사 시절에도 그랬다. 보고서 경진대회나 수업 실기대회 결과 공문을 나는 미리 보지 않았다. 혹시 내가 먼저 보면 떨어질까 봐 걱정이 앞섰던 것이다. 인사 이동 때도 마찬가지였다. 내 인사 발령 결과를 직접 보지 않고, 다른 사람이 먼저 보고 알려 주면 그때 확인했다. 물론 결과적으로 보면 그런 간절함이 항상 내 뜻대로 이루어지는 건 아니다. 그저 마음속에서 스스로를 다독이는 방식일 뿐이다.

이번 책은 내가 처음으로 출판하는 책이다. 진짜로 다음 주에 나올까, 혹시라도 일이 틀어지지는 않을까, 걱정이 끊이지 않는다. 이제 내 생각과 글을 세상에 공개하게 되는 것이다. 설렌다. 동시에 두렵기도 하다. 글이 괜찮다는 평을 듣고 싶지만, 혹시 악평이 쏟아지면 어쩌나 하는 걱정도 크다. '이걸 글이라고 책을 냈느냐?', '이걸 책이라고 만들어서 돈을 받고 팔아먹느냐?' 같은 말은 절대 듣고 싶지 않다.

다행히 오늘은 일요일이라 만나는 사람도 없고, 카톡도 오지 않는다. 그래서 입이 간질간질할 일도 없다. 며칠만 더 견디면 된다.

국제교육원이 성남으로 온대요

*

　여러분은 '국제교육' 하면 뭐가 떠오르나요? 영어 교육이 떠오르나요? 그렇다면 대충 감은 잡은 거예요. 물론 국제교육이라는 말에 영어만 있는 것은 아니에요. 그러한 국제교육을 하는 국제교육원이 성남으로 온다고 해요. 정확히 말하면, '경기도교육청 국제교육원'이에요.

　현재는 국제교육원이 '평택시 안중'에 있어요. 그런데 이것을 성남으로 옮긴다고 해요. 새로 이사 오는 자리는 현재 분당의 미금역 근처에 있는 청솔중학교 자리로 온다고 해요. 청솔중학교는 얼마 전에 학생 수가 많이 줄어들어 결국 폐교가 되었거든요. 바로 그 자리로 국제교육원이 이사 온다고 해요.

　성남시민으로서는 정말 좋은 일이 분명해요. 가까이에서 국제교육원에서 진행하는 프로그램에 참여할 수 있거든요. 주민을 위한 커뮤니티 공간 및 맞춤형 외국어 교육 프로그램을 운영할 계획이거든요. 새롭게 들어설 국제교육원은 지역 주민을 위한 개방형 커뮤니티 공간, 전 연령

층이 참여 가능한 외국어 교육 공간, 세계 시민 교육과 국제 교류 중심의 학습·체험 공간으로 구성된다고 해요. 어때요, 많이 기대가 되죠?

국제교육원은 (구)청솔중학교 리모델링을 통해 2026년 1월 착공, 2028년 1월 개원을 목표로 추진되는데, 경기도교육청은 이 사업을 단순한 기관 이전이 아닌, 성남시를 '국제교육 중심 도시'로 도약시키기 위한 전략적 사업으로 보고 있다고 해요.

다만, 모든 사람이 찬성하고 반기는 것은 아니라고 해요. 특히, (구)청솔중학교 주변 주민들은 "청솔마을 재건축이 이루어지면 인구가 늘어나는데 그때 그 학생들은 어디로 가느냐?", "연수기관 아니냐? 교통 문제만 심각해진다."라며 반대를 하고 있다고 해요. 이에 대해 경기도교육청은 경기도의회에서 승인 난 사안이라며 예정대로 일정대로 추진하고 있다고 해요. 우리도 국제교육원이 앞으로 어떻게 이전되는지 관심을 갖고 지켜보면 좋을 것 같아요.

2026년 1월 경기도교육청 국제교육원이 성남시 (구)청솔중학교 자리로 이전이 완료되어 공식적인 업무를 수행하고 있어요. 이제 건물 리모델링 공사를 시작하여 2028년 1월 완공을 한다고 해요.

마음이 불편한 다면 평가

*

　엊그제 온라인 다면 평가를 했다. 장학사 선발 방법이 약간 바뀌어 작년까지만 해도 1차 필기시험에 합격한 대상자에 대하여만 다면 평가를 시행했는데, 올해는 모든 지원자에 대하여 일단 다면 평가를 한 것 같다. 10개의 문항을 보니, 만만치가 않았다. 문항의 평가 항목대로 모범적으로 최선의 노력을 하면서 교사 생활을 하기가 쉬운 일이 아니었다. 그 문항에 나 자신을 대상자로 놓고 평가를 받는다면 과연 나는 몇 점을 받을 수 있을까? 정말로 반성의 기회도 됐다.

　교사 다면 평가가 시행된 지 오래다. 교원능력개발평가는 지나친 악영향으로 인하여 잠시 보류된 지가 몇 년 됐다. 중임 교장 대상자에 대한 온라인 다면 평가도 있다. 나도 작년에 대상자가 되어 평가를 받았다. 고맙게도 많은 교직원들이 나를 나쁘게 평가한 것 같지는 않다. 사실보다 좋게 봐 준 것 같다. 그래서 중임 교장을 하고 있다. 오래전에 어떤 선배가 말했다. 원수지간만 아니면 점수를 후하게 주라고. 맞는 말이다. 한번 평가를 받는 입장이 되면 더 이해가 갈 것이다.

아무튼, 평가를 받는다는 것은 마음이 불편하다. 평가를 받는 대상자는 마음이 크게 움츠러드는 것이 사실이다. 어쩌면 그래서 평가가 있는 것 같기도 하다. 서로의 견제 장치라고도 할 수 있다. 높은 자리에 올라가고 싶은 사람은 아랫사람의 고충을 알아야 한다. 높은 직위를 빌미삼아 아랫사람에게 갑질을 하면 안 된다. 그렇다고 정당한 업무 지시가 갑질로 둔갑되어서도 안 된다. 천천히 느리게 가더라도 바르게 제대로 가자는 것이다. 그게 다면 평가 시행의 본래 취지다.

백령도 여행 준비

*

뜻밖에도 백령도를 가게 되었다. 오랫동안 계획해 온 여행지도 아니고, 가고 싶어 꿈꾸던 곳도 아니다. 시골 친구 넷이 함께 떠나는 이번 여행은, 날짜는 한 달보다도 더 오래전에 정해졌지만 정작 목적지는 오랜 숙고 끝에 최근에서야 정해졌다. 백령도가 불만스럽다는 건 아니다. 다만, 갑작스레 방향이 그쪽으로 기울었다는 얘기다. 오래전부터 어렴풋이 백령도 여행에 대한 얘기가 있었던 것은 사실이다.

여행을 주도한 친구가 여행사 선정과 계약금 결제, 간략한 일정을 정리해 보내왔다. 백령도에서의 숙소는 네 명이 한 방에서 묵기로 했는데, 2인 1실보다 1인당 2만 원가량 저렴했고, 오랜만에 네 명이 함께 밤을 보내며 수다를 나누는 재미도 있을 것 같았다. 비용 절감과 우정, 두 마리 토끼를 잡은 셈이다.

일정표와 주의 사항, 준비물 목록, 집결 장소와 시간을 하나하나 검토했다. 인천항 연안여객터미널에서 오전 8시 30분 출항이며, 사전 모임 시각은 7시 50분이었다. 어떤 안내문에는 7시 40분이라고도 적혀 있었는데, 아마 이르면 이를수록 좋다는 '조조익선'의 의미였으리라. 이른 시간에 도착해 여유 있게 움직이는 것이 출발 직전 시간이 임박해서 다급하게 마음 졸이는 것보다는 훨씬 좋다.

문제는 '인천항까지 어떻게 갈 것인가?'였다. 특히 익산 삼기에서 올라오는 두 친구가 걱정이었다. 새벽길은 고역이고, 교통 상황이나 날씨 변수도 무시할 수 없었다. 결국 우리는 하루 전날 인천항 인근에서 숙박하기로 결정했다. 여객터미널과 가까운 모텔을 예약해 두고 나니 마음이 놓였다.

유튜브에서 백령도 여행 관련 영상을 몇 개 찾아보았다. 대부분 1박 2일 일정이었고, 음식 메뉴 등 식당과 숙소 정보가 꽤 구체적으로 나와 있었다. 걱정되는 점이라면, 배를 타고 4시간을 가야 한다는 것이다. 뱃멀미가 살짝 걱정됐다. 내 경험상 가장 효과적인 멀미약은 출항 전에 소주 두 잔이다. 적당히 취기가 돌면 평형 감각이 무뎌져서 멀미가 덜하다. 이번 여행에서 확실히 증명해 보고 싶다.

여행 전 가장 기대되는 순간을 꼽으라면, 단연 첫날 저녁 식사다. 백령도는 섬이니만큼 신선한 회 한 접시는 기본일 테고. 다만 다음 날 또 배를 타야 하니, 술은 적당히만 마실 생각이다. 배를 왕복으로 타는 일정인데도 백령도에서는 유람선을 타는 관광 코스도 포함되어 있어서 이또한 기대되고 설렌다. 여행 일정 중에서도 가장 기대되는 곳은 두무진 유람선 여행이다. 그 외의 일정은 가서 직접 느끼면 된다. 단 하나, 절대 잊지 말아야 할 건 신분증이다. 배 타는 섬 여행에서 가장 중요한 준비물이다.

선생님들의 마지막 인사

✳

8월 26일 오전 10시, 산성역 근처에 있는 성남문화예술 교육센터에서 아주 특별한 모임이 열렸어요. 이날은 학교에서 오랫동안 일하시다가 이제 그만두시는 교장 선생님들을 위해 준비한 정년퇴임식이에요.

이번에 학교를 떠나시는 교장 선생님은 모두 여덟 분이에요. 하지만 세 분은 바빠서 오지 못했어요. 참석하지 못한 선생님의 얼굴을 뵙지 못해서 조금 아쉬웠어요. 그래도 약 45명의 교장 선생님들이 모여서 정년퇴임하시는 선배 교장 선생님들을 축하해 드렸답니다.

퇴임식은 아주 단순했어요. 먼저 예쁜 꽃다발을 드리고, 선생님들이 차례대로 앞으로 나와 마지막 인사를 하셨어요. 다섯 분의 교장 선생님이 짧은 말씀을 하셨는데, 가장 많이 하신 말씀이 바로 이거였어요.

"아무 탈 없이 무사히 학교를 마칠 수 있어서 참 다행이에요."

교장 선생님들은 수십 년 동안 학교에서 많은 일을 하셨어요. 힘들 때도 있었고, 그만두고 싶을 때도 있었지만 꿋꿋하게 참고 열심히 일하셨대요. 그래서 오늘 이렇게 멋진 날을 맞을 수 있었던 거예요.

사실 저도 이제 6개월 뒤면 학교를 떠나요. 반년만 지나면 퇴임식을 하게 돼요. 그날이 오면 꼭 참석해서 동료 교장 선생님들과 후배들에게 제 얼굴을 보여 드리고 싶어요. 교장으로 아홉 해, 교감으로 네 해 반을 성남에서 보냈거든요. 오래 함께한 선생님도 있고, 이름만 아는 선생님도 있지만, 헤어지면 모두 그리울 것 같아요.

저는 '끝이 좋으면 다 좋다'라는 말을 좋아해요. 우리 인생은 항상 즐겁기만 한 건 아니에요. 힘들 때도 있고, 속상할 때도 있죠. 하지만 마지막에 웃을 수 있다면 그걸로 충분해요.

헤어질 때는 서로 미워하지 않고, 마음을 풀고 "고맙습니다." 또는 "행복하세요."라고 말하는 게 좋아요. 그래야 마음속에 상처가 남지 않아요.

학교를 떠난다고 해서 모든 게 끝나는 건 아니에요. 새로운 이야기가 시작되는 거예요. 이제는 학교라는 무대에서 내려와 또 다른 무대에서 새로운 친구들을 만나고 새로운 일을 하게 되겠죠.

인생은 마치 연극 같아요. 한 막이 끝나면 또 다른 막이
열리고, 새로운 이야기가 이어져요. 오늘 퇴임하신 선생님
들도, 저도 그리고 우리 모두도 그 무대 위에서 멋진 연극
을 계속해 나갈 것입니다.

마지막 기억

*

   사람들은 흔히 마지막 기억을 그 사람의 대표 기억으로 간직한다. 어찌 보면 당연한 일이다. 마지막 기억은 가장 최근의 기억이기 때문이다. 희미해진 먼 옛날의 기억이 아니라, 가장 생생하게 남아 있는 가까운 기억이다.

   아주 오래전 컵스카우트 지도자 과정 훈련을 받을 때의 일이다. 캠프파이어 활동 프로그램 시간에 당시 코스대장은 첫 순서로 깜짝 등장했다. 그런데 그는 여자 원피스를 입고 여장을 한 모습이었다. 모두가 놀랄 수밖에 없었다. 그 자리에 있던 훈련생들은 아마도 그 코스대장의 여장 모습을 오래 기억했을 것이다. 그러나 그 코스대장은 이미 한 수 앞을 내다보고 있었다. 캠프파이어 활동 프로그램이 모두 끝난 맨 마지막, 그는 멋진 파일럿

복장을 하고 늠름하고 씩씩하게 다시 등장했다. 앞서 보였던 모습을 지우려는 의도가 분명해 보였다. 이제 훈련생들의 기억 속에는 그 코스대장의 멋진 파일럿 복장이 선명하게 남았을 것이다.

나 역시 교사 시절, 전에 근무하던 학교를 떠나면서 그다지 좋지 않은 기억을 남긴 적이 있다. 그때 내가 조금 더 지혜로웠다면 마지막만큼은 좋은 기억을 남기고 떠났어야 했는데, 그러지 못했다. 그래서 당시 그 학교에 근무하던 사람들 가운데에는 아직도 나에 대한 좋지 않은 기억을 가진 이들이 있다. 그리고 누군가가 나에 대해 물으면, 그 기억을 마치 이야깃거리처럼 꺼내는 듯하다. 그런 말들이 내 귀에도 들려오니, 나 역시 그 사실을 알게 된다.

이제 또 한 번 이곳을 떠나야 한다. 이곳의 사람들은 나를 어떤 사람으로 기억해 줄까? 학생은, 학부모는, 그리고 교직원은? 최소한 '두꺼비 영단어'와 '두꺼비 선생님' 정도는 기억해 주지 않을까 싶다. 나쁜 기억도 있겠지만, 좋은 기억도 함께 남았으면 좋겠다. 이 학교를 떠나는 마지막 날, 마지막 순간까지 좋은 기억을 남기고 싶다.

사람들이 마지막 기억을 중요하게 여기는 이유가 여기에

있는 듯하다. "끝이 좋으면 다 좋다."라는 말도 그래서 생겨 났을 것이다. 하지만 끝만 좋게 마무리하는 일은 결코 쉽 지 않다. 결국 가장 중요한 것은 처음부터 끝까지, 늘 좋 은 관계를 유지하려는 노력일 것이다.

나의 단골 헤어숍

*

　나는 우리 동네의 한 헤어숍을 몇 년째 단골로 다니고 있다. 정확히 말하면 우리 단지는 아니고, 바로 옆 이웃 단지에 있다. 주변에 헤어숍이 천지라고 해도 과언이 아닐 만큼 많고, 유명하다는 곳들도 도처에 널려 있다. 여러 곳을 경험해 보기도 했지만, 결국 지금의 원장님만큼 내 마음에 쏙 들게 머리를 만지는 분은 없었다. 그렇게 단골이 된 지도 꽤 오랜 시간이 흘렀다.

　원장님은 마흔 살은 넘었을 것 같고, 쉰은 채 안되어 보이는 인상이다. 굳이 나이를 묻지도 않았고, 딱히 궁금하지도 않다. 분명한 것은 여태껏 다녀 본 곳 중 커트 솜씨만큼은 단연 최고라는 사실이다. 내가 파마를 해 보지 않은 것뿐이지 파마 솜씨도 최고라는 소문을 들었던 것도 같다. 일단 자리에 앉으면 커트를 마치는 데 10분도 채 걸리지 않는다. 괜히 오래 앉아 있을 필요도 없으니 시간도 절약된다. 원장님은 가위질에 망설임이 없고, 불필요한 질문도 던지지 않는다. 작업이 끝났다 싶으면 그저 딱 한마디 하신다.

"됐지요?"

그러면 나 역시 항상 똑같이 대답한다.

"예."

이것으로 충분하다. 헤어디자이너가 고심 끝에 완성한 작품에 감히 무슨 군더더기 말을 붙인단 말인가! 그것은 분명 실례고, 예의 없는 행동이다.

이곳에서 나만의 특별한 규칙이 하나 더 있다면, 나는 머리만 깎고 샴푸는 집에 돌아와 직접 한다는 점이다. 머리를 감으며 아예 샤워까지 마쳐야 비로소 개운함을 느낀다. 결과적으로 이는 서로에게 이득이다. 나는 나대로 편해서 좋고, 원장님은 수고를 덜면서 다음 손님을 맞이할 수 있으니 좋다. 내가 갈 때마다 항상 원장님의 헤어숍은 손님으로 만원이다. 나처럼 간단히 커트만 하러 오는 남자 손님도 많지만, 파마 손님과 염색 손님도 많다.

사실 이곳은 주변보다 이용료가 저렴한 편이다. 그렇다고 싼 맛에 단골이 된 것은 전혀 아니다. 이용료가 더 싼 헤어숍이 주변에 있기는 하지만, 거기는 머리 깎는 솜씨가 영 아니어서 두 번 다시 가지 않는다. 원장님이 워낙 마음씨가 좋아 가격 인상을 자제하고 있을 뿐이다. 손님으로서 느끼기에는 고마우면서도, 너무 오래 제자리인 가격을 볼 때면 가끔 미안한 마음이 들기도 한다.

  나는 보통 4주에 한 번씩 머리를 깎는다. 어쩌다 5주를 버티게 되면 왠지 돈을 절약한 것 같아 기분이 묘하게 좋아진다. 하지만 학교의 중요한 행사나 격식 있는 자리, 혹은 졸업 앨범 촬영처럼 공적인 일정이 잡히면 주기에 상관없이 헤어숍을 찾는다. 품위 유지가 중요하다는 것은 삼척동자도 아는 사실이기에, 돈 몇 푼 아끼려다 단정함을 잃을 수는 없는 노릇이다.

영월 여행- 라디오스타 박물관

*

    우리 학교에서는 남자 선생님들끼리 5월 16일 금요일에 1박 2일 일정으로 영월 여행을 다녀왔어요. 워크숍 형식으로 계획을 세워 학교 여비에서 경비를 지원받았어요. 사실 선생님들이 모이면 학교 이야기, 아이들 이야기, 교육 이야기이니, 워크숍이 거짓은 아니거든요. 여자 선생님도 희망을 받았는데, 다들 다른 일정을 핑계로 같이 가는 것을 꺼렸어요. 같이 가면 더 좋은데 그러지 못하여 정말로 많이 아쉬웠어요. 더 이상 권장하면 '여행 강요'라는 말을 들을까 봐 두 번은 묻지 않았어요.

    금요일 학교 일정을 모두 마치고 출발해야 하므로 출발이 늦었지만, 다행히 고속도로가 많이 막히지는 않았어요. 우선 영월 읍내에서 간단히 저녁 식사를 했어요. 대개 시골 읍내는 저녁에 늦게까지 식당 영업을 하지 않고, 일찍 장사를 마무리해요. 그래서 뒤풀이는 숙소에서 더 하기로 하고 하나로마트에서 식품을 준비했어요. 하나로마트는 식품이 신선하고 가격도 저렴하여 참 좋아요.

숙소는 '탑스텐 동강시스타리조트'를 예약했어요. 다른 관광지에 있는 리조트와 달리 이 리조트는 작은 건물 동이 여러 곳에 분산되어 뚝뚝 떨어져 있었어요. 그래서 2명이 묵을 작은 방이 있는 동과 6명이 묵을 큰 방이 있는 동이 멀리 위치해 있었지요. 작은 방 숙소는 평범한 숙소였어요. 그런데 큰 방이 있는 숙소는 층고가 높아서 모두 환호성을 질렀어요. 모두가 아주 만족했어요. 그래서 탑스텐 동강시스타리조트를 선택하기를 잘했다고 생각했어요. 다음에도 영월에 여행 올 때는 이곳을 이용해야겠어요.

원래 여행의 주요 일정은 별마로천문대, 선돌, 영월동강생태공원, 김삿갓 유적지를 돌아보기로 했는데, 날씨가 많이 흐려서 별마로천문대를 가기로 한 첫날 밤부터 일정이 어긋났어요. 다음 날 아침 영월 읍내에서 아침 식사를 하고 선돌 구경을 나섰어요. 아직은 덥지 않은 날씨여서 걷기에도 좋았고 선돌 풍경 감상도 멋있었어요. 멋진 단체 사진 촬영도 했지요. 다음으로 영월동강생태공원으로 갔는데, 길을 잘못 들었는지 설명서에 있는 내용과 많이 달랐어요. 다음 일정은 김삿갓 유적지를 가는 일정인데, 이미 생태공원에서 걷느라 지쳤고, 김삿갓 유적지는 거리가 멀다고 하여, 영월 읍내에서 가까운 라디오스타 박물관에 가기로 일정 변경을 했어요.

'빗맞은 게 안타'라고, 갑자기 일정을 바꾼 라디오스타 박물관 관람이 상당히 가치 있고 보람이 있었어요. 원래 〈라디오스타〉는 2006년에 개봉한 영화 제목이에요. 당시 최고의 인기 배우 안성기와 박중훈이 출연한 영화지요. 그리고 현재 박물관 자리는 예전의 실제 KBS 영월방송국이 있었던 곳이에요. 박물관에 들어가니 그 당시 영화의 명장면들이 많이 붙어 있었고, 옛날에 사용하던 라디오가 많이 전시되어 있었어요. 또 2층 한편에서는 옛날의 음향 장치에 대한 특별 이벤트 프로그램을 마련하여 방문객들에게 강연을 하고 있었어요. 우리 일행도 조금 늦게 참석하기는 했지만, 음향 시설에 대한 재미있고 유익한 정보가 많아 귀와 눈을 뺏기고 넋이 나간 듯이 강연에 빠져들었어요. 다음에 가 봐야 할 일정 때문에 끝까지 듣지 못한 아쉬움을 뒤로하고 박물관을 나왔어요.

영월 여행- 고씨굴

*

영월 여행의 대표주자는 뭐니 뭐니 해도 단종 유배지로 유명한 읍내에서 가까운 청령포와 한반도 지형과 닮았다는 '한반도지형'이에요. 그래서 면의 이름도 '한반도면'이지요. 아주 유명한 곳이기에 이 두 곳은 이미 몇 번 다녀왔어요. 그래서 이번 여행에서는 일정에 포함되지 않았어요. 대신 추가한 곳이 김삿갓 유적지인데, 멀다는 핑계로 가지 않기로 변경하여 결정하니 여행 일정이 여유롭기는 했어요.

그래서 '전병'으로 유명하다는 영월중앙시장에 있는 '나라네전병'에서 전병을 먹어 보기로 하고 발걸음을 옮겼어요. 명성이 대단한 것은 틀림이 없는 것 같았어요. 이미 예약된 전병을 굽느라 우리 주문은 거절되었는데, 그곳은 어차피 전병 단지라서 다른 전병집도 많았지요. 옆에 있는 전병집도 맛이 좋았어요. 약간 매운맛이었어요. 일행 중 몇몇은 집에 가져가겠다고 포장 주문을 하였는데, 가족을 생각하는 마음이 참 멋져 보였어요. 이런 것은 모두가 배

위야 해요.

이번에는 점심 시각이 다 되어, 여행 계획 때 이미 검색한 영월 맛집인 '강원토속식당'의 칡국수를 먹기로 했지요. 맛집으로 소문이 나기도 하고, 토요일이기도 하여서인지, 이미 식당 앞에는 줄이 늘어서 있었어요. '맛집에서 밥 먹을 자 인내심은 필수다.'라는 말은 맞는 것 같았어요. 거의 40분을 기다려서 자리를 잡았는데, 들어가서 음식을 주문하고 나서도 20분 넘게 기다리고서야 칡국수가 들어왔어요. 배가 무척 고파서 허겁지겁 먹었지요. 소문대로 맛은 좋았어요. 가격도 적당했고요.

애당초 여행 일정에는 고씨굴은 없었어요. 김삿갓 유적지를 가지 않은 덕에 시간 여유가 상당했어요. 식당 바로 옆에 있는 고씨굴을 가기로 했어요. 남한강을 건너는 다리 고씨굴교를 건넜어요. 그런데 고씨동굴이 아니고 고씨굴인 점이 특이했어요. 고씨굴의 유래는 성씨인 고씨와 관련이 있어요. 임진왜란 때 왜병과 싸웠던 고씨 일가족이 이 굴로 피신한 데서 고씨굴이라는 이름이 붙었다고 해요.

헬멧을 쓰고 굴에 들어갔어요. 들어가자마자 시원했어요. 아니, 약간 오싹했어요. 굴의 길이는 그리 길지 않은 왕복 1.2km에 불과하지만, 다시 입구로 나오는 데는 약 1

시간 정도 걸린다고 해요. 똑바로 서서 걸어 다니는 구간은 많지 않고, 대개 허리를 잔뜩 숙이고 거의 기다시피 하는 구간이 많았어요. 아마 헬멧을 쓰지 않았다면 머리나 이마가 피투성이가 됐을 거예요. 20번 이상 동굴 벽에 그리고 천장에 부딪힌 것 같았어요. 바닥은 매우 미끄러워서 운동화를 제대로 신고 천천히 걸어가야 했어요. 그리고 굴 전체가 조명이 달려 있긴 해도 대체로 어두워서 한두 명이 들어간다면 무서운 느낌도 들 것 같았어요. 오르막 내리막 계단도 많았어요. 어떤 구간은 간신히 한 명만 빠져나갈 수 있을 만큼 좁은 길도 있었답니다. 바닥에는 물 흐르는 소리도 났고, 어떤 곳은 폭포수가 떨어지기도 하였어요.

고씨굴에는 다른 석회암 동굴에서 흔히 볼 수 있는 종유석과 석순, 석주 같은 여러 동굴 생성물들이 가득하다고 해요. 고씨굴은 중생대 쥐라기~백악기 지층에 형성된 석회암 동굴로, 지구의 지질 변화를 이해하는 데 중요한 자료를 제공하며, 희귀한 동굴 생물, 박쥐 서식지, 미생물 군집 등이 발견되어 생물다양성 연구에도 중요한 동굴이라고 해요. 당초 일정에도 없던 고씨굴을 다녀왔는데, 일행 모두가 감탄하였답니다. 입구에서 반환점까지 한 걸음

한 걸음 내디딜 때마다 특이하고 색다른 볼거리들로 발걸음이 멈추었고, 눈과 고개가 왼쪽으로 오른쪽으로, 위로 아래로 두리번거렸어요. 영월 고씨굴 여행은 우리 일행에게 생각지도 않은 뜻밖의 선물을 선사했어요. 고씨굴은 두 번, 세 번 또 가 봐도 멋질 것 같아요.

올여름도 너무 덥다

＊

일요일, 하루 종일 집에만 있었다. 햇볕은 창을 뚫고 들어와 방 안 구석까지 뜨겁게 덮었고, 나는 결국 한 발짝도 밖으로 나가지 못했다. 공원으로 산책을 나가려다 마음을 고쳐먹었다. 그 대신 거실과 안방을 오가며 집 안을 한 바퀴, 또 한 바퀴 걸었다. 그렇게라도 몸을 움직여 산책을 대신했다.

아침 일찍부터 에어컨을 켰다. 차가운 바람이 온몸을 감싸며 잠깐의 안도를 주었지만, 마음까지 시원해지는 것은 아니었다. 하루 종일 일하는 에어컨이 왠지 안쓰럽기도 했고, 혹시 실외기가 지쳐 과열이라도 되어 화재가 나면 어쩌나 하는 걱정이 마음 한구석에 늘 걸렸다.

8월의 끝자락인데도 여름은 쉽게 물러날 기세가 아니다. 오늘 최고 기온은 33℃. 숫자로만 보자면 견딜 만한 것 같은데, 아파트 벽에 달궈진 열기가 실내를 더 뜨겁게 만들었다. 공기가 숨 막히듯 눌러앉아 한낮은 유리창마저 달궈

버렸다. 다행히 주간 일기 예보를 보니 다음 주에는 최고 31~32℃, 최저 24~25℃라고 한다. 이제 조금은 여름의 기세가 꺾이고 있는 듯하다.

'처서가 지나면 모기 입도 비뚤어진다'라는, 예부터 내려오는 말처럼, 처서가 지나면 더위가 한풀 꺾인다고 했다. 어제가 23일, 바로 처서였으니 이제는 조금씩 시원해져야 할 텐데, 올해의 여름은 아직 고집을 부린다. 작년엔 9월 중순까지도 무더위가 이어졌었다. 그래서 올해만큼은 제발 그렇게 되지 않기를 마음속으로 수없이 빌었다. 내 작은 기도가 하늘에 닿을지, 며칠만 더 기다려 보아야겠다.

어릴 적 여름은 지금보다 한결 순했다. 에어컨은 존재 자체를 몰랐고, 많은 식구에 비해 덜덜거리는 선풍기 한 대 뿐이었지만, 수제 부채 하나씩 들고 충분히 여름을 버텼다. 커다란 나무 그늘 아래 또는 뒷동산 소나무 숲에 앉아 한숨 돌리기도 했고, 할머니로부터 등목 서비스를 받아 보기도 했고, 동네 우물에서 두레박으로 퍼 올린 물을 머리부터 들이붓기도 했으며, 아예 냇가에 몸을 첨벙첨벙 떨어뜨려 담그고는 세상 다 가진 듯 웃기도 했었다.

옛날 우리 시골집은 흙으로 지은 집이라 벽이 쉽게 달궈지지 않았다. 저녁이면 바람이 솔솔 들어왔고, '열대야'라는 말은 있는 줄도 몰랐다. 그 시절, 여름이 끝나고 9월 개학 무렵이 다가오면 할머니는 늘 이렇게 말씀하셨다. "이제, 좋은 시절 다 지났다."라고. 더위는 어떻게든 견뎌 낼 수 있었지만, 곧 닥칠 겨울의 매서운 추위가 더 큰 걱정이었을 것이다. 하지만 요즘은 반대다. 겨울은 이제 그다지 두렵지 않은데, 여름의 더위는 해마다 더 벅차다. 기후가 변한 것이다. 지구가 숨을 가쁘게 몰아쉬고 있다. 이 숨 막히는 더위가 언제까지 계속될지, 선뜻 짐작조차 하기 어렵다.

문득, 형님과 동생들이 떠올랐다. 이 무더위를 잘 견디고 있는지, 궁금한 안부가 많이 늦었다. 더위가 심한 날엔 부디 시원한 곳에서 잠시라도 쉬었으면 한다. 무리한 업무는 줄이고, 삼계탕이나 오리백숙 같은 보양식으로 지친 몸을 보듬기를 바란다. 더위에 허약해진 기력을 잘 챙겨야 한다.

올여름도 길고 길다. 하지만 언젠가는 바람이 달라질 것이다. 매미의 울음이 잦아들고 귀뚜라미 울음소리가 스미는 계절이 오면, 이 뜨거운 여름날도 결국 한 장의 기억으로 남게 될 것이다. 그때까지 부디 모두 건강하길, 그리고 행복하길 빈다.

올가을 우리 집 꽃게 파티

오늘은 아주 특별한 날이에요. 아빠가 올가을 첫 꽃게를 사 오셨거든요. 아직 8월 22일, 여름이 끝나지도 않았는데 벌써 가을 꽃게라니요! 어제부터 금어기가 풀려서 꽃게를 잡을 수 있게 됐다는 소식을 들은 아빠는 신이 나셨어요. 마트에서 '꽃게 세일'이라는 문자를 보시고는 고민도 하지 않으셨어요.

"좋아! 오늘 저녁은 꽃게다!"

그렇게 아빠는 무려 꽃게 3kg 한 박스를 들고 집으로 오셨어요. 현관문을 열자마자 엄마의 눈이 휘둥그레졌어요.

"아니, 이걸 언제 다 손질해요? 냉동실도 꽉 찼는데!"

아빠는 환하게 웃으며 말했어요.

"괜찮아! 그냥 다 쪄서 먹자고!"

하지만 사실 아빠도 알고 계셨을 거예요. 꽃게 3kg을 한 번에 다 먹을 수는 없다는 걸요. 엄마는 한숨을 쉬면서도 꽃게 손질을 시작했어요. 아빠는 옆에서 열심히 도왔고요. 드디어 꽃게 두 마리를 먼저 찜통에 올렸어요. 물이 끓자 김이 모락모락 올라오고, 주방 안은 금세 바다 냄새로 가득 찼어요.

"우와, 냄새부터 벌써 맛있겠다!"

잠시 뒤, 빨갛게 익은 꽃게가 접시에 올랐어요. 아빠는 조심스레 살을 발라 한 입 먹었어요.

"음~ 이 맛이야!"

꽃게를 손질하면서 물로 많이 씻어 내어 약간 싱거웠지만, 오히려 더 담백했어요. 살도 꽉 차 있고, 바닷바람 냄새가 나는 것처럼 싱싱한 맛이 입안 가득 퍼졌답니다.

아빠는 말했어요.

"식당에서 먹으면 가격 눈치 보느라 몇 마리 못 먹는데, 집에서 먹으니 맘껏 먹을 수 있어 좋다!"

정말 맞는 말이에요. 집에서는 돈 걱정 없이 실컷 먹을 수 있거든요. 엄마는 갑자기 꽃게 두 마리를 더 집어 들었어요.

"꽃게는 국물에 넣으면 맛없는 게 없지!"

그래서 엄마는 꽃게를 넣고 짬뽕 국물을 끓였어요. 국물이 보글보글 끓으며 매콤한 냄새가 집 안을 가득 채웠어요. 내일 아침 메뉴는 바로 꽃게 짬뽕 국물로 정해졌답니다. 벌써부터 군침이 돌아요.

아빠가 알려 주셨어요.

"첫 가을 꽃게는 대부분 수꽃게란다. 암꽃게는 알을 낳
느라 아직 살이 덜 찼거든."

그래서 오늘 먹은 꽃게도 전부 수꽃게였어요. 꽃게는 원
래 11월쯤 돼야 살이 단단하고 알도 꽉 차서 가장 맛있대
요. 하지만 지금 먹는 가을 꽃게는 가격도 저렴하고, 싱싱
한 제철 맛을 느낄 수 있어 더 특별해요.

사실 아침에는 아빠도 조금 고민하셨다고 해요. '꽃게 손질이 힘드니까 그냥 식당에서 사 먹을까?' 그래서 '분당 꽃게 맛집'을 검색해 보셨대요. 하지만 마음에 드는 곳이 없어서 결국 마트에서 직접 꽃게를 사 오신 거죠. 결과는 대성공이에요! 집 안 가득 퍼지는 바다 향기, 살이 꽉 찬 꽃게 그리고 가족과 함께하는 저녁 식사.

남은 꽃게도 많아서 주말 내내 먹을 수 있대요. 아빠가 웃으며 말했어요.

"이번 주말은 꽃게 파티다!"

저도 신나요. 이번 주말엔 우리 집이 바다가 될 거예요.

드라마 <미지의 서울>- 삶의 메시지

*

드라마 <미지의 서울>이 막을 내렸다. 최근에 본 드라마 중 가장 인상 깊고 재미있게 본 작품이었다. 이 드라마의 줄거리를 정리해 말하는 일은 다소 복잡할 수 있다. 그래서 줄거리보다는 이 드라마가 전하고자 했던 핵심 메시지 세 가지를 중심으로 이야기해 보고자 한다.

먼저, 변호사인 아들 '호수'와 새어머니의 관계다. 호수는 아버지가 재혼하면서 새어머니와 함께 살게 된다. 그러나 얼마 지나지 않아 아버지가 교통사고로 세상을 떠나고, 호수는 새어머니와 둘이 가족을 이루며 살아간다. 즉, 혈연 관계는 아니지만 '가족'이라는 이름 아래 함께 살아가는 형태다. 이들은 서로를 조심스레 이해해 가는 과정을 통해 '가족이란 무엇인가'라는 질문을 던진다. 결국 진심 어린 대화와 마음을 열어 가는 과정을 통해, 혈연이 아니어도 진정한 가족이 될 수 있음을 보여 준다.

둘째, 호수는 아버지가 돌아가신 교통사고에서 함께 피

해를 당해 한쪽 귀의 청력을 잃었다. 설상가상으로 다른 쪽 귀마저 회복 가능성이 낮은 돌발성 난청 판정을 받는다. 그는 연인이던 '유미지'에게 더 이상 짐이 되고 싶지 않아 그녀를 떠나기로 결심한다. 이 사실을 알게 된 미지는 괴로워하며 깊은 갈등에 빠진다. 그런 미지에게 '로사 식당'의 김로사 할머니가 조용히 건넨 한마디는 많은 시청자에게 큰 울림을 주었다.

"꼭 뭘 해 줘야지만 옆에 있을 수 있는 거야?"

"넌 그냥 호수 옆에서 네가 잘할 수 있는 걸 하면 되잖아."

이 짧은 말은 사람 사이에서 꼭 해결이나 개입이 필요한 것이 아니라, 그저 곁에 있어 주는 것만으로도 충분할 수 있다는 따뜻한 메시지를 전한다.

"그냥 옆에만 있어 줘. 옆에서 네 일만 하면 돼."

나 역시 이 말을 평소에 자주 떠올린다. 사람과 사람 사이에서는 지나친 간섭도, 무심한 방관도 아닌, 적절한 거리를 유지하는 것이 얼마나 중요한지를 이 한마디가 잘 보여 준다고 생각한다.

셋째, 호수가 돌발성 난청 판정을 받고 괴로워할 때 미지는 그에게 삶에 대한 조언을 건넨다. 그러나 그 조언은 과거 자신이 겪었던 아픔을 다시 떠올리게 하는 '부메랑'처럼 돌아온다. 미지는 고등학생 시절 국가대표 육상 대회 선발전에서 탈락한 뒤 좌절하며 세상과 등지고 살지만, 당시 호수가 건넨 조언을 받아들이지 못했다. 이 장면은 우리가 타인의 고통에는 쉽게 말하고 조언하면서도 정작 자신에게는 아무런 용기나 실천을 내놓지 못하는 모순적인 모습을 드러낸다. 남의 문제에는 완벽에 가까운 해결책을 제시하면서도 자신의 문제 앞에서는 망설이고 무너지는 인간의 나약함. 이 아이러니를 담담하면서도 깊이 있게 풀어낸 점이야말로 〈미지의 서울〉이 전달한 가장 큰 메시지였다.

추석 연휴에 방문한 한국민속촌

*

이번 추석 연휴는 무려 열흘이나 되었어요. 너무 길어서 마치 추석 방학 같았지요. 지난여름은 무척 더웠고, 여름 방학은 너무 짧았는데, 2학기 개학을 일찍 하는 바람에 좀 쉬고 싶었어요. 그런 가운데 적당한 시기에 추석 연휴를 맞이하게 되어 참 좋았어요. 하지만 성묘는 추석 전에 미리 다녀왔고, 여행 계획도 없어서 열흘 동안 어떻게 보낼지 걱정하고 있었어요. 그때 근처에 사는 이모가 한국민속촌에 가 보자고 해서 함께 다녀왔어요.

집에서 승용차로 30분쯤 걸려 도착했어요. 가을비가 살짝 내리고 있었지요. 입장료가 만만치 않았어요. 성인은 37,000원, 아동은 30,000원이었는데, 다행히 경기도민 할인으로 신분증을 제시하니 23,000원에 입장할 수 있었어요. 한복을 입고 오거나 대중교통을 이용해도 할인이 된다고 하니, 방문 전에 미리 확인하면 좋을 것 같아요.

아침 일찍이라서인지, 아니면 궂은 날씨 때문인지 관람객

은 많지 않았어요. 예전에 몇 번 방문한 적이 있었기에 안
내 지도를 보지 않고 발길 닿는 대로 돌아보기로 했어요.
먼저 우리 일행의 발길을 멈추게 한 곳은 공방 거리였어
요. 엄마와 이모는 유기 공방에서 공방지기와 이야기를 나
누며 한참을 구경했어요. 나는 대장간 앞에서 여러 지역의
다양한 호미를 관찰했어요. 지역마다 모양이 다르다는 사
실이 흥미로웠어요. 그 밖에 국악기 공방, 짚신 공방, 탈
공방, 대나무 공방, 부채 공방, 민속 규방도 있었지만, 그냥
스치듯 지나쳤어요.

다음은 북부 지방 농가를 지나 남부지방 대가로 향했어요. 숫을대문 앞에 서니 드라마 속 장면이 떠올랐어요. 나도 모르게 "이리 오너라." 하며 대감 흉내를 냈어요. 이처럼 한국민속촌은 오래전부터 지금까지 우리나라의 대표적인 드라마 촬영지로도 유명하지요. 그 밖에도 남부 지방 농가, 중부 지방 농가, 북부 지방 농가 등 지역별 전통 가옥을 볼 수 있었어요. 하지만 이곳들도 대체로 빠르게 훑어보았어요.

이곳저곳을 돌아다니다 보니 배가 고팠어요. 시계를 보니 점심시간이 다 되었어요. 장터 식당에서 식사하기로 했어요. 여전히 보슬비가 내려 야외에서는 먹을 수 없어 실내로 들어갔어요. 장터 한우국밥, 산채비빔밥, 도토리묵무침을 주문해 서로 나눠 먹었어요. 아빠와 이모부는 동동주도 한 잔씩 하셨어요. 음식 가격도 적당했고, 맛도 괜찮았어요. 맛집이라 부를 정도는 아니지만, 그렇다고 실망할 정도도 아니었어요.

식사를 마치고 힘을 내 다시 걸음을 옮겼어요. 공연을 보기 위해 두리번거렸지만, 내리고 그치기를 반복하는 비 때문에 야외 공연장은 물을 닦아 내기만 할 뿐 실제 공연은 진행되지 않았어요. 완향루에서는 '소리 한마당' 공연이 예정되어 있었지만 시간이 맞지 않았고, 우리 일행도 공연을 기다릴 만큼 큰 관심은 없어서 그냥 지나쳤어요. 다행히 '백년가약'이라는 전통 혼례 퍼레이드 공연이 큰길을 따라 이어지고 있어서 잠시 흥을 돋울 수 있었어요.

비로 인해 공연과 체험 행사는 완전하지 않았지만, 오히려 날이 선선해서 더위에 지치지 않고 걷기에 딱 좋았어요. 잠시나마 자연과 가까운 곳, 옛날의 정취가 남아 있는 곳에서 마음을 쉬어 갈 수 있었던 한국민속촌 방문이었기에 그것만으로도 충분히 만족스러웠어요. 또 언젠가 마음이 지치면 다시 찾을 것을 기약하며 우리는 집으로 발걸음을 옮겼어요.

3기 신도시, 삼기 신도시

✳

전북 익산시 삼기면 일대에 신도시가 만들어졌다. 말 그대로 '삼기 신도시'다. 삼기면의 간촌리에는 행정타운이, 용연리에는 주택단지가, 서두리에는 테크노밸리가, 기산리에는 생태공원이 개발되었다. 삼기 신도시에는 익산시청이 청사를 새로 지어 이사하게 된 것이 제일 큰 변화라고 할 수 있다. 물론 시청 외에도 시의회, 교육지원청, 경찰서, 소방서도 같이 이전하였다. 그렇다고 익산역이나 시외버스터미널 등을 이전할 수는 없는 일이고, 많은 대학교와 여러 초·중·고등학교는 구도심에 그대로 남아 있게 된다.

사실, 익산시청이 삼기면 일대로 옮겨야 한다는 의견은 꽤 오래되었다. 삼기면은 지리적으로 익산시의 한가운데에 위치하고 있다. 그야말로 사통팔달의 중심지다. 구도심에 비해 새 시청을 지을 용지를 저렴하게 매입할 수 있다. 분당 신도시의 탄천을 모델 삼아, 미륵산에서 발원하는 기양천을 개발하여 산책로, 자전거 도로, 물놀이장, 텃밭 체험

농지, 애견 놀이장, 운동 시설 등을 설치하여 익산 시민의 복지 향상에 크게 이바지하고 있다.

기양천의 꾸준한 유수 확보를 위하여 현동 저수지를 확대하여 현동 호수로 개발한 것은 흔히 말하는 '신의 한 수'라고 할 수 있다. 호수 주변에 조성된 산책로와 자전거 도로, 꽃밭 등은 미륵산 둘레길과 연결되어 전국에서 모여든 관광객으로 사계절 관광객이 끊이지 않고 있다고 한다. 호수 주변에는 이름난 맛집과 카페, 펜션이 줄줄이 늘어서 있고, 현동 호수에서 미륵산을 오르는 초입에는 한국의 저명한 식물학자가 수목원을 조성하여 저렴한 입장료만으로 여느 수목원 못지않은 수목과 정원을 감상할 수 있게 되어 휴양지의 역할을 톡톡히 하고 있다.

눈을 떠 보니 아내가 옆에 있었다. 점심때 뭘 먹으면 좋겠냐는 것이다. 아침 먹고 '굿모닝공원'에 산책 다녀온 후, 책을 본다는 것이 잠깐 잠이 들었었나 보다. 정말 달콤하고 환상적인 꿈이었다. 꿈에 나타나지 않은 부족한 2%가 있었다. 익산역에서 출발하는 익산 관광버스 투어 코스가 빠져서 소개하려고 한다. 익산역 - 원광대학교 - 종자사업소 - 각동 교차로 - 익산시청 신청사 - 현동 호수 - 익산 미륵사지 석탑 - 선화공원 - 왕궁리 유적 - 무왕릉 - 익산시

종합 운동장 - 익산 귀금속 보석 공업단지를 거쳐 다시 익산역에 도착하는 관광 코스다. 삼기 땅값이 더 오르기 전에 이번 주말에는 땅 보러 삼기에 가야겠다.

익산- 평택 고속도로, 평택호휴게소

우리는 간단한 브런치로 OO버거의 익산 고구마 버거를 사 들고, 미리 약속한 삼기의 작은할아버지 댁으로 향했다. 두 분의 자녀 둘, 즉 나의 당숙 둘은 이미 결혼하여 따로 살고 있는 터라 집에는 작은할아버지와 작은할머니 두 분만 계셨다. 두 분은 집 옆 텃밭에서 직접 키운 고구마 순을 따 와 껍질을 벗기고 계셨다. 이 일도 우리 할아버지께서 미리 부탁하신 것이었다. 할아버지는 고구마 순 김치를 유난히 좋아하신다. 모두 함께 고구마 순 손질을 마치고 비닐봉지에 담아 쇼핑백에 넣었다. 브런치 음식을 나눠 먹으며 이런저런 이야기를 나누는 사이 시간이 훌쩍 흘러갔다. 이제 다시 집으로 돌아가야 할 시간이다.

우리는 다시 익산-평택 고속도로를 달리기 위해 부여 구룡 IC로 들어갔다. 이번에 들른 휴게소는 '평택호휴게소'다. 아침에 들렀던 예산예당호휴게소처럼 상행선과 하행선 구분 없이 통합된 형태의 휴게소다. 오후 5시가 조금

안 된 시간이었지만, 점심을 간단히 해결한 탓에 배가 많
이 고팠다.

우리가 향한 곳은 'OO감자탕' 집이었다. 할아버지께서
미리 점찍어 놓으신 맛집이다. '수누리'는 무슨 뜻일까? '순
우리'를 연음 처리 한 걸까? 어머니께서 얼른 스마트폰으
로 검색하시더니, "국어사전에도 없는 말인데 '수'는 목숨
(壽), '누리'는 누리다의 뜻이라 하니, '수명을 오래 누리다'
곧 '오래오래 복을 누리소서'라는 의미를 담고 있는 셈이
다."라고 설명하셨다.

감자탕을 드시면서 아버지께서도 "할아버지께서 추천하
신 맛집답게 음식도 깔끔하고 가격도 적당하다. 특히 오동

통한 우거지가 신선하고 질기지 않으며, 뼈다귀에 붙은 고기도 많고 신선하다. 몇 조각의 수제비는 건져 먹는 재미가 있다. 수누리감자탕은 어른들이 흔히 말씀하시는 밥도둑인 셈이다."라고 말씀하셨다.

할아버지께서 미리 조사하신 바에 따르면, 이곳 평택호휴게소도 예산예당호휴게소와 먹거리 구성은 거의 비슷하다고 한다. 가장 큰 특징은 국내 최대 규모의 휴게소라는 점이다. 다양한 찌개류를 먹을 수 있는 '서울댁', 라면과 우동을 판매하는 '일월분식', 소고기덮밥 등을 파는 '생활덮밥', 돈가스를 전문으로 하는 '호현돈가스', 곰탕과 비빔밥을 파는 '서래식당', 짬뽕과 짜장면을 먹을 수 있는 '무궁화반점', 쌀국수 코너, 스파게티 코너까지 다양하게 마련되어 있다. 그 외 간식으로는 '노브랜드버거'를 비롯해 고래빵, 단팥빵, 떡볶이 등 없는 게 없을 정도다. 편의점도 함께 운영되고 있다.

이번 맛집 투어는 삼복더위 속에 이루어져 제대로 된 관광 여정이 없었다. 할머니께서는 "다음에 날씨가 좀 선선해지면 예당호 출렁다리도 걸어 보고, 아그로랜드 목장길도 걸어 보고, 부여 정림사지와 낙화암도 들러 보고, 익산 왕궁리 유적도 돌아보면 좋을 것 같다."라고 말씀하시며 아쉬움을 달래셨다.

"고속도로 휴게소 맛집 투어는 이처럼 주변 관광 코스까지 함께 둘러보는 알찬 계획을 세운다면 멋지고 보람찬 여가 시간을 보낼 수 있을 것이다. 주변 사람들에게 일부러라도 한번 익산-평택 고속도로 휴게소 맛집 투어를 가 보기를 추천한다. 서두를 필요도, 머뭇거릴 필요도 없다. 좋은 계절에 편안한 시간을 내어 떠난다면 금상첨화일 듯하다."라고 아버지께서 마무리를 지으셨다.

돈을 쓸 때는 써야지

*

　돈은 쓸 때는 써야 하는데, 막상 내 주머니에서 돈이 나가려고 하면 괜히 주저하게 된다. 이제는 어느 정도 여유도 있는데 말이다. 갑자기 누군가 밥 먹으러 가자고 하거나 술 한잔하자고 하면 마음 한편이 겁이 난다. 밥값이나 술값 정도 낼 만한 돈은 충분히 있는데도 괜히 걱정부터 앞선다.

　며칠 전에는 길을 걷다 예전 직장에서 함께 근무하던 사람을 오랜만에 만났다. 어찌나 반갑던지 부둥켜안을 뻔했다. 하지만 서로 가던 길이 달라 "다음에 밥 한번 먹자."라는 말만 남기고 헤어졌다. 그러면서도 마음속엔 '밥을 먹자고 하면 누가 밥값을 내야 하나?' 하는 생각이 먼저 들었다. 그 정도는 나도 낼 수 있는데도 괜히 부담스러웠던 것이다. 참, 나도 문제다.

　며칠 전엔 1박 2일 연수가 있었다. 저녁을 먹고 여러 연수생과 함께 공원을 한 바퀴 돈 후, 숙소로 돌아가던 길이었다. 그때 누군가 "맥주 한잔하자."라고 말했다. 나는 또 순간 움찔했다. '술값은 누가 낼까?' 그렇다고 "더치페이를 하자."라고 말하면 괜히 분위기 깰 것 같고, 누군가는 술맛이 떨어진다고 할지도 모르겠다. 결국 다섯 명이 생맥주한 잔씩만 마셨다. 이 정도면 나도 낼 수 있겠다 싶었고, 사실 그중 한 사람에게는 지난번에 밥을 얻어먹은 기억이 있었다. 일행 분위기를 보니 이번에는 내 차례였다. 그런데 내가 좀 늦었다. 다른 사람이 먼저 계산서를 들고 갔다. 순간, '고맙다'는 마음보다 '미안하다'는 마음이 먼저 들었다.

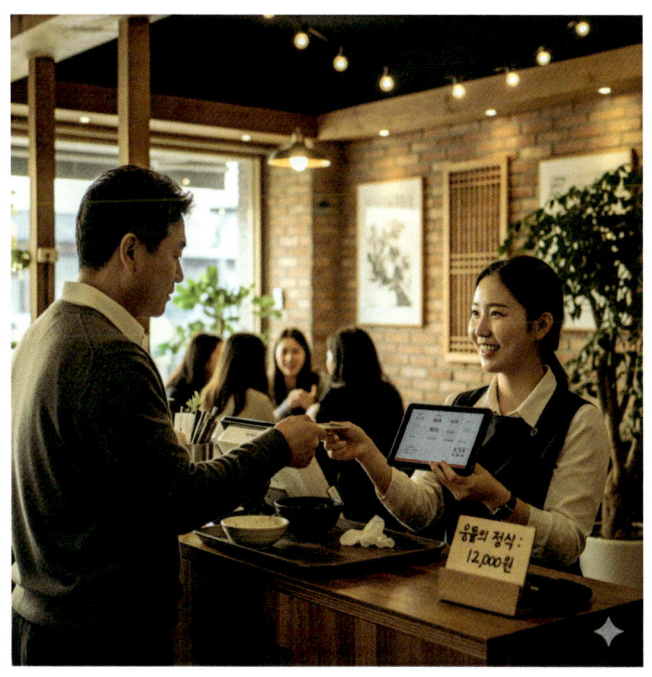

오늘은 온누리상품권을 아홉 장 받았다. 교직원 복지 포인트에서 9만 원을 차감한 것이지만, 뭔가 갑자기 공돈이 생긴 느낌이었다. 이 상품권으로 지난번 길에서 만난 예전 직장 동료에게 밥 먹자고 연락을 해도 될 것 같았다. 이제는 밥값, 술값 내는 연습도 좀 해야겠다. 물론 그동안 항상 얻어먹기만 했던 건 아니다. 누가 한 번 사면 나도 반드시 한 번은 샀다. 서로 주고받는 '품앗이'는 늘 지켜 왔다.

하지만 이제는 남이 먼저 사기를 기다리지 말고 내가 먼저 사는 연습을 해야 할 때다. 사람과의 만남에서 너무 쩨쩨하게 굴지 말고, 절약 정신도 상황에 따라 적절히 접어 둘 줄 알아야겠다. 혼자 있을 때는 절약해도 좋지만, 친구를 만날 때는 조금은 여유롭게, 때로는 낭비도 할 줄 아는 사람이 되어야겠다. 형제를 만날 때도 마찬가지다. 이제는 나도 이런 소리를 들어야겠다.

"어, 우리 형주가 달라졌어요!"

'마형주'로 삼행시를 지어요

＊

내 이름 '마형주'로 삼행시를 지었다.

마: 마음씨가 고운 아이로 자라도록 아이들을 듬뿍 사랑해 주세요.

형: 형편없는 결과를 가져오더라도 항상 격려해 주세요.

주: 주변에 섭섭한 마음이 들더라도 너그럽게 이해해 주세요.

참 좋은 말인데, 왜 이게 잘 안될까? 평생 과제다. 사랑, 격려, 관대함 대신 꾸중, 비난, 엄격함이 앞선 것 같다. 나는 이 삼행시를 만드는 데 그렇게 많은 시간이 걸리지 않았다. 특히 '주' 자가 내 마음을 딱 대신 말하였다. 평소에 섭섭한 일이 참 많았나 보다.

위의 삼행시는 학부모가 자녀를 대할 때, 교사가 학생을 대할 때 그리고 '형'과 '주'는 직장에서 상사가 직원을 대할 때는 물론, 동료끼리도 적용할 수 있는 좋은 삼행시다. 특히 '주'는 집에서나 직장에서나 친구 관계에서나 어디서든지 날마다 끊임없이 겪는 항목이다.

관계에서 섭섭한 마음이 들 때가 하루에도 한두 번이 아니다. 사람에 대한 섭섭함은 그 사람에 대한 기대가 있어서 생기는 것 같다. 이 정도의 부탁은 들어줄 만도 한데, 이 정도의 책임은 이행할 만도 한데, 거기에 미치지 못할 때 섭섭한 마음이 든다. 그렇지만 섭섭하다고 말할 수가 없다. 내가 섭섭하다고 말하면 상대방은 섭섭하지 않겠는가! 혼자서 이해하고 삭이는 수양의 과정이 필요하다.

사랑은 아무리 많이 해도 넘치는 일이 없다고 한다. 넘칠 정도로 누구를 사랑해 본 일이 있는가? 예수의 사랑이 그것인가, 테레사 수녀의 사랑이 그것인가, 부모의 자식 사랑이 그것인가? 나는 자신이 없다.

사랑을 받아 본 사람만이 다른 사람을 사랑할 수 있다고 한다. 거꾸로 말하면 사랑을 받아 본 경험이 없는 사람은 다른 사람을 사랑하지 못한다는 말이다. 참 슬픈 말이다. 어떤 사람이 사랑을 받아 보지 못한 사람일까? 그런 사람이 있을까? 잘 모르겠다. 아무튼 사랑을 많이 받고 자란 사람은 나쁜 일에 잘 빠져들지 않는다고 한다. 심성이 곱다고 한다. 우리 아이들을 듬뿍 사랑하자. 가정에서든 학교에서든, 그 어디에서든.

대균이 너, 진짜 너무해!

이제야 겨우 마음이 좀 진정됐다. 단짝이라고 생각했던 대균이가 나한테 이럴 줄은 정말 몰랐다. 이제 나랑 절교라도 하겠다는 건가? '어떻게 복수해 주지? 똑같이 망신을 줄까?' 하다가도, '아니야, 내가 참자. 내가 더 어른스러워져야지.' 하는 생각이 왔다 갔다 했다.

어쩌면 대균이한테 내 속마음을 들킨 것 같아 부끄럽기도 하다. 사실 내가 이번에 새로 산 희귀 포켓몬 카드를 자랑하고 싶어서 단톡방에 사진을 올렸는데, 대균이는 나를 마치 규칙도 모르는 애처럼 취급했다.

22명이 있는 반 단톡방에 카드 사진을 올리자마자, 갑자기 열댓 명이 "우와, 대박!", "부럽다!" 하며 답글을 달았다. 한마디로 카톡에 불이 났다. 물론 공부하느라 시끄러워하는 애들도 있었을 거다. 기분이 좋아진 나는 이 카드가 얼마나 구하기 힘든 건지 신나서 설명했다. 그랬더니 바로 대균이의 메시지가 떴다.

"야, 이 방은 선생님 공지 사항 확인하는 방이잖아. 개인적인 자랑은 개인 톡으로 해."

방의 목적이 공지 사항 전달이라지만, 사실 우리끼리 소소한 일상도 나누는 곳 아닌가? 내가 따진다면 내 잘못은 없다. 하지만 거기서 나도 똑같이 화를 내며 싸우면 나도 똑같이 수준 낮은 애가 되는 것 같았다. 참는 게 이기는 거다.

아무튼 믿었던 친구한테 한 방 크게 맞은 기분이었다. 그래도 똑같이 대응하지 말자고, '멋진 형 같은 친구가 되자'며 계속 마음을 다스렸다. 시간이 약이라더니, 시간이 좀 흐르니까 화가 조금씩 가라앉았다.

대균이 입장도 이해가 가기는 한다. 댓글 중에 "나 어제 너네 집에서 그 카드 구경했잖아!"라는 애도 있었다. 대균이는 '누구는 집에 불러서 보여 주고, 나한테는 단톡방에서 자랑만 하냐?' 하며 섭섭했을지도 모른다. 사실 나는 이번에 못 보여 준 친구들을 다음에 우리 집에 초대하려고 했었다. 하지만 내 마음을 대균이가 어떻게 알겠는가?

이번 카드 사건으로 친구들의 마음을 공부하게 됐다. '언제쯤이면 친구들 마음을 다 알 수 있을까? 그런 날이 올까?' 정말 사람 마음을 알아 가는 건 어려운 일이다. 어차 피 다 알 수 없으니 너무 애쓰지 않아도 될지 모르겠다.

이제 나도 마음을 정리했다. 단톡방에 글을 올릴 때는 더 조심해야겠다. 다음에는 대균이한테 먼저 카드를 보여 주거나 빌려줘야겠다. 그리고 자랑하는 말도 적당히 해야 겠다. 괜히 남이 나에게 부러운 마음이 들게 하는 것이 결 코 좋은 일은 아닐 거라 생각했다. 그리고 평소에 친구들 이 나한테 서운해하지 않도록 더 잘해 줘야겠다. 내가 잘 난 척하고 싶은 마음보다, 친구들을 먼저 챙겨 주는 마음 이 중요하다는 걸 배웠다.

항상 마음을 비우고 친구를 먼저 배려하는 게 좋은 관 계를 만드는 정답인 것 같다. 이제 나도 조금씩 철이 드는 모양이다. 어제보다 오늘, 나는 친구들과 지내는 법을 조 금 더 알게 된 것 같다.

사람 못 고쳐 쓴다는 말

✳

사람 못 고쳐 쓴다는 말을 자주 듣는다. 정말 맞는 말처럼 느껴질 때가 있다. 내가 만나는 사람들 사이에서도 이 말이 어쩌다 나오기만 하면, 대체로 고개를 끄덕이며 동의한다. 사람들은 행동이나 태도가 험한 사람을 만나면 보통 피하려 한다. "그 사람은 안 돼.", "저 사람은 어쩔 수 없어."라는 말과 함께 더 이상 대화를 이어 가려 하지 않는다. 이미 그런 부류의 사람들을 여러 번 만났고, 그로 인해 적잖이 상처를 입었다고들 한다.

나 역시 그런 사람을 몇 번 만난 적이 있다. 처음에는 설득도 해 보고, 어르고 달래며 친절하게 대했고, 때로는 모범을 보이며 어떻게든 고쳐 보려 애썼다. 그러나 결과는 모두 실패였다. 그들은 내 의견은 물론 동료들의 조언도 받아들이지 않은 채, 늘 하던 자기 방식만을 고집했다. 개선하려는 의지는 전혀 보이지 않았고, 자신의 업무에 대한 책임감도, 동료를 배려하는 마음도 찾기 어려웠다. 그때

나는 사람을 고쳐 쓰는 일은 참으로 어렵다는 결론에 이르렀다.

그런데 문득 이런 생각이 들었다. 혹시 누군가는 나를 보며 "저 사람은 못 고쳐 써."라고 말하고 있지 않을까? 나 또한 그들과 크게 다르지 않을지도 모른다는 생각이 스쳤다. 이럴 때야말로 역지사지라는 말이 떠오른다. 과연 다른 사람들은 나의 어떤 모습을 보며 고쳐 쓸 수 없다고 혀를 찰까. 돈을 지나치게 아끼는 점, 쉽게 토라지는 성격, 남을 쉽게 미워하는 태도, 양보하지 않는 습관, 원칙만을 앞세우는 고집, 융통성 없는 행동들… 아무도 직접 말해 주지 않으니 정확히 알 수는 없지만, 어느 정도 짐작은 간다. 그 짐작 위에서, 결국 나를 고쳐야 할 사람은 나 자신뿐이라는 생각에 이른다.

하지만 더 중요한 사실이 있다. 사람은 고쳐 써야 할 사물이 아니라는 점이다. 누구나 각자의 본래 모습과 특성에서 출발해야 한다. 사람을 고쳐 쓸 대상으로 보지 않고, 그 고유한 특성을 존중하는 바탕 위에서 이해하려 할 때 비로소 관계는 조금씩 풀리기 시작한다. 사람을 일정한 틀과 원칙 속에 가두고 모두가 똑같이 행동하기를 요구하는 태도 자체가 잘못일 수 있다는 것이다. 고쳐야 하는 단

점이 아니라, 인정해야 하는 다름으로 바라보아야 한다. 타인의 변화는 강요로 이루어지지 않는다. 사람은 오직 스스로 변화하고자 하는 강력한 동기가 있을 때에만 변할 수 있다. 그러한 동기를 키우는 데 도움이 되는 것으로는 독서를 통한 자기 수양, 주변에서 만나는 훌륭한 사람들과의 관계 속에서 이루어지는 성숙 그리고 깊은 자기 성찰의 시간이 있을 것이다.

'사람 못 고쳐 쓴다'라고 말하는 사람들을 이해하지 못하는 것은 아니다. 실제로 그런 말을 들어도 마땅해 보이는 사람도 있다. 그러나 그 말을 너무 쉽게, 너무 당연하게 내뱉어서는 안 되겠다는 생각이 들었다. 조금이라도 더 여유가 있는 사람이, 조금이라도 더 앞서 있는 사람이, 조금이라도 더 높은 자리에 있는 사람이 한 발 더 기다리고, 한 번 더 참아 주어야 하지 않을까? 나는 그렇게 말하고 싶다.

무섭게 날아오는 결혼식 청첩장

*

월요일 아침부터 박 교장에게서 전화가 왔다. 결혼식 청첩장이 무섭게 날아온다는 것이다. 엊그제도 교장 단체 카톡방에 결혼식이 두 건이나 한꺼번에 올라왔었다. 요즘은 카톡으로 오기 때문에 사진과 영상 자료까지 같이 올라오는 경우가 많다. 예비 신랑과 신부가 활짝 웃는 모습, 둘이 얼굴을 맞대고 있는 모습, 부둥켜안고 있는 모습 등이 정말 아름답다. 진짜 아름답게만 느껴졌다면 무섭게 날아온다고 하지 않았을 것이다. 사실 부럽다. 박 교장 얘기도 그렇다. 자기는 딸 둘이 비혼을 선언해서 언제 시집을 갈지 전혀 기미가 안 보이는데, 남의 잔치에 돈만 보탠다고 하소연했다.

결혼식이 두 건이 올라오건, 세 건이 올라오건, 돈이 아깝다고 모른 체할 수도 없는 노릇이다. 입 싹 닦고, 눈 꽉 감고 무시하면 얼마나 좋겠냐마는, 세상일이 그렇게 호락호락하지가 않다. 나는 2021년 1월에 모친 장례 이후로 가족에 큰일이 생기지 않았다. 그때 도움받고서 다시 되갚은 명단이 반은 되는 것 같다. 그런데 그때 같이 근무한 직장 동료 직원들로부터 받은 도움은 직장을 옮긴 탓에 거의 갚을 기회가 없었다. 그분들도 애경사는 분명히 있었을 텐데, 직장을 떠나 버리니 기별하기가 어색하지 않을 수 없었을 것이다.

그러나 직장을 옮기고 새로운 관계가 생김으로써 그전 직장에서 받기만 하고 갚지 못한 조의금, 축의금보다 새로 나간 돈이 훨씬 많아졌다. 이전의 직장 동료들에게 갚지 못한 것처럼, 나 또한 주기만 하고 받지 못할 경우도 많이 생기게 될 것이다. 그렇다고 일일이 표시해 두고 추적하여 내 경조사 때 기별을 하는 것은, 마치 고지서를 보내는 것 같은 느낌이 들어서 좀 치사할 수도 있고, 상대방에 대한 예의가 아닐 수도 있고, 서로 번거로운 일일 수도 있다. 그렇지만 어떤 때는 망설이기도 한다. 왜냐하면, 간혹 "왜 알리지 않았느냐?"라며 섭섭해하는 사람도 있기 때문이다.

똥은 제때 싸야지!

*

똥은 제때 싸야 한다. 때를 놓치면 좀처럼 나오지 않기 때문이다. 초등학생 아이들은 언제 어디서든 마음먹은 대로 쉽게 일을 본다. 변기에 앉기만 하면 1분도 채 걸리지 않아 시원하게 쏟아 낸다. 신체 기관이 활기찬 '새것'이라 주인의 명령에 즉각 반응하기 때문이다. 하지만 그런 아이들이라도 몸이 보내는 신호를 무시하면 안 된다. 똥이 나오고 싶다는 신호를 보내면 즉시 화장실로 달려가야 한다.

몸이 신호를 보냈는데도 주인이 짐짓 참아 버리면, 똥도 마음을 바꿔 먹는다. '아, 우리 주인님이 지금 많이 바쁘신가 보구나. 그럼 다음 기회에 불러 주실 때 나가야지.' 하며 문을 닫고 되돌아가 버린다. 진짜 문제는 여기서 발생한다. 한 번 닫힌 문은 다음에 다시 열기가 훨씬 힘들어진다. 이런 불상사를 막으려면 몸의 소리에 귀 기울여 제때 해결해야 한다.

배변이 원활하지 않으면 온종일 뒤가 개운치 않아 일이

손에 잡히지 않는다. 중요한 시험이나 큰 대회를 앞둔 상황이라면 그야말로 낭패다. 게다가 제때 비워 내지 못한 몸은 수시로 방귀를 내뿜는다. 시원하게 뀌기라도 하면 다행이겠지만, 공공장소에서 주변 눈치를 보며 소리와 냄새를 감당하는 일은 결코 쉽지 않다.

그래서 가능하면 아침에 집을 나서기 전에 일을 해결하는 것이 좋다. 아침 시간이 바빠 여의치 않더라도 학교나 사무실 등 장소를 가리지 말고 아침 시간대에는 어떻게든 비워 내야 한다. 아침에 장을 비워야 하루가 편안하고 업무에 온전히 집중할 수 있다. 비우는 일이 술술 풀려야 비로소 몸과 마음도 가벼워지는 법이다.

특히 나이가 들어 신체 기능이 예전 같지 않을수록 아침 배변 관리에 정성을 들여야 한다. 대장 운동에 도움을 주는 식이섬유가 풍부한 채소와 과일을 챙겨 먹고, 물도 자주 마셔야 한다. 식사는 하루 세 끼를 적당량 규칙적으로 하는 것이 중요하다. 다이어트 때문에 너무 적게 먹으면 대장이 밀어내는 힘이 약해져 변비가 생기기 쉽다. 적당히 걷고 뛰며 장 운동을 돕고, 충분한 수면으로 몸의 회복 탄력성을 유지해야 한다.

배변 골든타임을 잡는 핵심은 아침 식사 후 몸이 보내는

'자동 신호'를 놓치지 않는 것이다. 이 신호를 강하게 만들려면 아침밥을 꼭 챙겨 먹어야 한다. 일어나자마자 마시는 물 한 잔도 중요하다. 빈속에 들어간 물은 위를 자극해 대장에 예비 신호를 보낸다. 아침 식사 후 15분에서 30분 사이, 장이 보내는 간절한 신호가 온다면 지체 없이 화장실로 향하라. 쾌변이야말로 진정한 만사형통의 시작이다.

수목 전정의 소음을
어떻게 할 것인가?

✳

월요일 아침, 평소처럼 출근길에 오르는데 아직 학교에 도착하기도 전에 "윙윙" 하는 소리가 떼쓰듯 들려왔다. 학교에서 나는 소리인지, 학교 옆의 아파트에서 나는 소리인지 분간하기 어려운 그 순간, 지난 금요일 퇴근 직전에 받았던 메시지가 떠올랐다. 학교 울타리 전정 작업을 아침 일찍 진행한다던 내용이었다.

이 정도 소음이라면 너무 심하다. 성지아파트 주민들이 모두 잠에서 깨겠다는 생각이 들었다. 교장실에 들어와 앉았는데도 "윙윙, 엥엥, 쩡쩡" 하는 소리가 끊임없이 이어졌다. 잠시 조용해지나 싶더니 곧 사람들의 웅성거림이 들려왔다. 분명 아파트 주민들의 민원일 것이다.

전정 작업을 할 때마다 그냥 그런 것이려니 하고 온갖 소음을 감수해야 하는 걸까? 숭고한 노동 활동이라 여겨 이해해야만 하는 걸까? 하지만 이는 납득하기 어렵다. 아마도 학생들의 수업 시간을 피하고자 아침 일찍 작업을 시작한 듯한데, 주민들의 달콤한 아침잠은 왜 고려하지 않았을까?

나는 남쪽 운동장 끝 울타리 전정 작업 현장으로 발걸음을 옮겼다. 작업반장은 이미 민원에 지친 듯 시무룩해 있었지만, 전정 작업자의 전동 전정 가위는 지칠 줄 모르고 "윙윙" 소리를 내며 돌아가고 있었다. 가까이서 들어 보니 그것은 작업 도구가 아니라 마치 소음 발생기 같았다. 바닥의 낙엽과 잔가지를 모으는 송풍기의 굉음도 만만치 않았다. 작업자들은 각자 맡은 일에 열중하고 있었으나, 그 외의 사람들은 소음과 싸워야 하는 처지였다.

마땅한 해결책이 보이지 않았다. 작업을 중단하라고 할 수도 없고, 그렇다고 주민들에게 조금만 참아 달라고 말하기도 어렵다. 다만 업계에서는 소음을 줄일 수 있는 도구를 하루빨리 개발해야 한다는 생각이 들었다. 전동 전정 가위와 송풍기의 소음을 지금보다 절반 정도만 줄일 수 있다면 얼마나 좋을까! 물론 그렇게 된다면 전정 작업 단가는 오를 것이다. 비싼 도구 구입 비용이 작업 단가 인상으로 이어질 것이기 때문이다. 세상살이가 결코 간단하지 않음을 새삼 느낀다.

추억 속의
옛이야기

나의 가장 오래된 기억

　사람들은 자기의 어릴 적 기억을 몇 살 때까지 거슬러 올라갈 수 있을까? 예를 들어, 본인의 돌잔치를 기억하는 사람이 있을까? 아마 돌잔치를 기억한다는 것은 사실상 불가능한 일일 것이다. 그래도 혹시 자신의 돌잔치를 기억한다고 주장하는 사람이 있다면, 이것은 만들어진 거짓 기억일 가능성이 매우 높다. 부모나 친척에게 돌잔치 이야기를 많이 들었거나, 사진이나 영상 자료를 통해 알게 된 사실을 마치 자신의 기억인 것처럼 착각한다고 볼 수 있다.

　나도 물론 내 돌잔치 기억은 전혀 없다. 그러나 가장 오래된 기억으로 남은 한 장면이 머릿속에 또렷하다. 옛날 나이로 여섯 살쯤이었을 것이다. 군것질이 하고 싶어 할머니께 돈을 달라고 하니 할머니가 2원을 주셨다. 아무래도 2원은 너무 적은 것 같아 1원만 더 달라고 조른다는 것이, 1원짜리 동전 두 개를 입에 넣고 칭얼대다가 그만 목구멍으로 넘기고 말았다. 아, 아까운 내 돈 2원. 그 2원이라도 잘 챙겼으면 좋았을 것을. 그야말로 소탐대실하고 말았다.

결국 할머니는 나에게 1원을 더 주시지 않았다. 먼저 준 2원도 제대로 챙기지 못한 주제에 무슨 돈을 더 달라고 하느냐며 핀잔만 들었다. 2원을 삼켜 버린 너무나 충격적인 사건 때문에 그 뒤로 이어지는 그날의 기억은 확실하지 않다. 하지만 아마도 할머니는 며칠 동안 내 변을 확인하며 그 2원을 찾아내셨을 것이다. 어쨌든 나는 내 생의 가장 오래된 기억으로 2원의 상실감, 칭얼대다 삼킨 동전 두 개, 소탐대실 그리고 내가 똥 싸기를 기다렸다가 그것을 며칠이나 헤집었을 할머니의 모습을 기억하고 있다.

작은형의 빨간 필통

*

　나보다 세 살 많은 작은형은 초등학교 입학이 어쩌다 1년 늦어져서, 내가 1학년에 입학했을 때 3학년이 되었다. 나는 학교에 갈 때마다 작은형을 따라다녔다. 지금 돌이켜 보면, 나는 작은형을 많이 귀찮게 했던 것 같다. 어쩌면 형에게 혹처럼 붙어 다니는 존재였는지도 모른다. 작은형도 또래 친구들과 마음껏 놀고 싶었을 텐데, 어린 동생을 달고 다니느라 불편했을 것이다.

　게다가 형이 좋은 물건을 가지면 나도 갖고 싶다고 떼를 쓰곤 했다. 그러던 어느 날, 작은형은 어디서 구했는지 예쁜 빨간 필통을 갖게 되었다. 당연히 나는 부러움으로 가득 찼다. 다음 날 아침, 나는 새 필통을 사 주지 않으면 학교에 가지 않겠다며 울고불고 떼를 썼다. 급해진 작은형은 학교 앞 상점까지 1.2km를 달려가 왕복 2.4km 거리를 뛰어 필통을 사 왔다. 그러나 문제는 색깔이었다. 하필 노란색이었다. 결국 작은형은 노란 필통을 쓰고, 빨간 필통을 나에게 양보해 주었다. 나는 만족했지만, 작은형의 마음은 편치 않았을 것이다. 그때의 나는 시키는 일은 잘 따르지 않고 자기 욕심만 챙기는 고집불통이었다.

결국 작은형의 인내도 한계에 다다랐다. 형은 학교에 갈 때 더 이상 나를 데리고 가지 않았다. 나 몰래 일찍 집을 나섰고, 학교에서 돌아와서도 나와 놀지 않고 동네 또래들과만 어울렸다. 그러던 여름 방학의 어느 날, 작은형이 밭에서 들깻잎을 따는 모습을 나는 우연히 보게 되었다. 그것은 논산 고모님 댁에 혼자만 다녀오려는 준비였다. 고모님 댁에 빈손으로 갈 수 없어 선물로 들깻잎을 챙기려 했던 것이다. 여름방학 때 논산 고모님 댁에 다녀오는 것은 일종의 의식이었다. 기차도 타 보고, 읍내 구경도 하고, 사촌들도 만나는 큰 행사였다. 간절히 부탁한 끝에 작은형은 나를 데리고 들깻잎을 함께 따서 고모님 댁에 같이 갈 수 있도록 해주었다.

나는 아직도 어린 시절 나를 혹처럼 달고 다니며 불편했을 작은형에게 빚을 다 갚지 못했다. 빨간 필통을 양보하고 속상했을 마음도 제대로 헤아려 주지 못했다. 그래서 들깨밭과 빨간 필통을 떠올릴 때마다 작은형의 착한 마음과 속상했을 마음이 교차한다. 너무 늦었지만, 이번 만남에는 빨간 필통 하나를 사 들고 형을 만나야겠다.

풍금 치는 양호 선생님

✱

그 옛날 내가 다니던 초등학교에는 양호 선생님이 계셨다. 지금으로 말하면 보건 선생님이다. 그 양호 선생님은 정말 예뻤다. 아직 결혼도 안 했었다. 웃는 모습도 예뻐서 착해 보였다. 항상 싱글벙글 웃으셨다. 그 양호 선생님은 우리가 학교에 가는 날이면 언제나 볼 수 있었다. 양호실이 운동장에서 제일 가까운 건물에 따로 있었기 때문이다. 거기다가 양호 선생님은 아이들이 뛰어노는 모습을 보시느라 항상 창문으로 고개를 내미는 일이 잦았다. 그래서 운동장에서 노는 우리와 눈이 자주 마주쳤다.

그런데 이게 어찌 된 일인가! 그 양호 선생님이 2학년 때 거의 우리 담임 선생님이 되셨다. 강승훈 담임 선생님은 어떤 큰 병이 나셨는지 몇 달을 학교에 나오지 않으셨다. 그 대신 양호 선생님이 우리 반 교실에 자주 들어오셨다. 양호 선생님이 다른 수업은 어떻게 하셨는지 기억에 없지만 노래는 많이 불렀다. 그 양호 선생님은 어디서 풍금 연주를 배웠는지 날마다 풍금을 치면서 노래를 가르쳤다. 아마도 부잣집 딸이어서 부모님이 피아노 학원을 보냈는지도 모를 일이다. 아니면 피아노 선생님을 붙여 주었든지. 그렇게 예쁘고 싱글벙글 웃는 것을 보면 부잣집 딸이었음이 분명하다. 풍금을 잘 치시는 것도 부잣집 딸이었을 개연성이 높다. 그때는 가난뱅이 집 딸들은 피아노가 뭔지도 모르는 시절이었다.

2학년이 끝나기 직전에는 강승훈 담임 선생님이 많이 쾌차하셔서 다시 우리 담임 선생님으로 나오시기는 하셨지

만, 양호 선생님과 많은 시간을 보낸 우리들은 국어, 산수, 사회, 자연 과목을 제대로 배우지 못했을 것이다. 할 일이 없어서 심심해서였든지, 아니면 그때 국가 정책이 그랬던 것인지, 나는 그 2학년 때 국민교육헌장을 모두 암기하였다. 국민교육헌장의 맨 마지막은 이렇게 끝난다. '1968년 12월 5일 대통령 박정희'. 나중에는 '대통령 박정희' 부분이 빠진 국민교육헌장이 읽혔었고, 이제는 국민교육헌장 자체가 흔적조차 사라졌다.

연날리기

✻

　초등학교 3학년 겨울 방학, 옆집에 사는 운호 형에게서 처음 연 만드는 법을 배웠다. 운호 형네 집 뒤에는 바람에 사각거리는 대나무밭이 있었고, 그곳에서 연살을 깎아 쓸 수 있었다. 우리 집 옆으로 운호 형네 집, 친구 효석이네 집, 상문이 아저씨네 집이 차례로 이어졌는데, 그 세 집 모두 뒤뜰에 대나무밭을 거느리고 있었다.

　그중에서도 효석이네 대나무밭은 가장 무성했고, 집터도 넉넉했다. 터가 좋아서 부자로 산 것인지, 부자여서 좋은 터를 차지한 것인지는 알 수 없었다. 반면 한쪽 가장자리에 붙어 있던 우리 집은 대나무밭은커녕 입구마저 비좁아 집터가 좋다고 할 수 없었다. 집터가 나빠서 살림이 옹색했던 것인지, 살림이 옹색해서 나쁜 터를 얻은 것인지는 역시 알 수 없었다.

　내 나이보다 열 살이 훌쩍 넘게 많은 운호 형이 왜 나에게 연 만드는 법을 알려 주었는지는 모르겠다. 다만 운호 형네 식구들은 모두 온화했다. 화내는 모습도, 얼굴 붉히는 모습도 본 적이 없었다. 어린 나이에 그런 이웃을 곁에 두었다는 것은 큰 복이었다.

운호 형은 책도, 설명서도 없이 그저 손끝의 기억과 익숙한 몸짓으로 연을 만들었다. 낫으로 대나무를 쪼개 연살 굵기로 나누고, 속살을 얇게 깎아 내어 다듬었다. 연에는 다섯 개의 연살이 필요하다. 머릿살, 허릿살, 중살 그리고 두 개의 대각선살. 다듬어진 연살은 달력 종이에 딱 붙어야 한다. 달력 종이 가운데에는 바람길이 될 구멍이 뚫렸다.

밥풀을 종이에 싸서 준비하고 연살을 밥풀때기 사이로 몇 차례 왕복하여 연 종이에 붙이면, 차갑고 매끈한 대나무가 어느새 종이와 한 몸이 된다. 머릿살과 중살에 줄을 매고, 얼레에 연실을 잇는 순간, 한 마리 새가 날개를 얻는 듯했다.

이제 들판으로 나가 바람을 맞이하면 된다. 겨울 하늘의 바람은 매서우면서도 연을 품어 올리는 힘이 있었다. 바람이 약하면 뛰어야 했고, 바람이 넉넉하면 그저 서서 실을 풀어 주기만 해도 연은 하늘로 천천히 그러나 힘차게 올라갔다.

그 한 번의 배움 이후, 나는 겨울 방학 내내 연을 만들었다. 대나무는 운호 형네 밭에서 허락도 없이 잘라 썼고, 달력은 모조리 뜯어 쓰다가 모자라면 할머니가 숨겨 둔 문종이를 슬쩍했다. 연실은 '홀치기'에 쓰려고 감아 둔 실을 당당하게 훔쳐 쓰다 들켜 꾸중을 들었고, 결국 할머니도 손자의 연실을 따로 마련해 주실 수밖에 없었다.

여름 방학이 물놀이로 흘러갔다면, 겨울 방학은 연날리기로 채워졌다. 만들고, 날리고, 부서지면 다시 만들었다. 마음에 들지 않으면 다시 만들고, 찢어지면 또 만들었다. 차가운 바람 속에서도 연살을 깎아 대는 낫질을 멈추지 않았다. 손바닥은 거칠어지고, 집 안은 어질러졌다. 공부는 뒷전이라 매일 꾸중을 들어야 했다.

그 시절엔 TV도, 컴퓨터도, 스마트폰도 없었다. 그러나 겨울 방학은 충분히 풍성했고, 마음은 넉넉했다. 그 순수하고 순진한 날들의 기억이 오늘날 각박한 세상을 견디게 하는 힘이 되었고, 작지만 강한 삶의 지혜를 끊임없이 전해 주고 있는지도 모른다.

우등상 자랑

✳

　예전에는 초등학교에 '우등상'이라는 제도가 있었다. 지역마다 차이가 있었을지도 모르지만, 이 제도는 1990년대 초쯤 사라진 것으로 기억한다. 우등상이란 학급에서 중간고사와 기말고사 성적을 합산해 우수한 학생에게 학년말에 주는 상장으로, 대략 학급당 5명을 선정해 수여했다.

　언젠가 우리 친구들 모임에서 우등상 얘기가 나온 적이 있었다. 창선이는 5학년과 6학년 때 고작 두 번 받았을 뿐이지만, 병호는 초등학교 2학년부터 6학년까지 다섯 번 연속으로 우등상을 받았다고 으스대곤 했다. 아마 그 무렵 병호는 우등상에 대한 욕심이 있어 부지런히 공부했던 것 같다.

　물론 나는 우등상을 단 한 번도 받아 본 적이 없다. 상에 욕심이 있었거나 좋은 성적을 받고 싶었다면 악착같이 공부해서 우등상을 받을 수도 있었을지 모르지만, 굳이 그럴 이유가 없었다. 병호는 우등상을 받을 때마다 부모님에게서 항상 큰 선물을 받았다고 자랑하곤 했다. 나는 우등상이나 성적에는 전혀 관심이 없었고, 다른 친구들이 상장을 받을 때면 별다른 생각 없이 박수만 쳤던 것 같다. 그저 덜렁덜렁 학교에 다니던 시절이었다.

그렇게 대충 다니던 초등학교 시절에도 4학년 때는 성적이 제법 괜찮았던 것 같다. 그때는 우등상을 7명에게 주었는데, 하마터면 나도 그중 하나가 될 뻔했다. 아깝게도 나는 4학년 때 8등을 했고, 우등상을 눈앞에서 놓쳤다. 그런데 그 어린 4학년의 눈으로 봐도, 7등을 한 아이의 삼촌이 우리 학교 선생님으로 근무하고 있었기에 그 애가 상을 받지 않았나 하는 의심이 들었다. 그 삼촌의 영향이 있었는지 아니면 담임 선생님께서 선심을 쓰신 것인지는 알 수 없지만, 7등에게까지 우등상이 돌아갔던 것이다.

내가 기억하는 한, 내가 학생이었을 때나 교사로 재직할 때나 우등상을 7명에게 주는 경우는 본 적이 없다. 아무튼, 시험 성적에는 관심 없이 지냈던 초등학교 시절이든, 그래도 꽤 공들여 공부하던 중고등학교 시절이든, 나의 성적은 늘 7~8등 언저리를 맴돌았던 것 같다.

쪽지 시험과 장호의 유혹

✱

초등학교 5학년 때는 쪽지 시험을 자주 봤다. 담임 선생님은 결혼한 지 얼마 되지 않은 젊은 남자분이었는데, 학생들의 성적에 대한 열의가 대단하셨다. 쪽지 시험은 주로 산수 시험을 많이 봤는데, 요즘으로 말하면 수학 시험이다. 나는 쪽지 시험에는 항상 자신이 있었다. 거의 100점을 맞았다. 산수 시험에 자신이 없어서 좋은 점수를 받지 못하던 내 짝꿍 장호는 이 점을 노렸다.

"형주야, 이것 보이지?"

"응, 알았어."

"답이 잘 보이게 옆으로 내밀어, 응?"

"알았다니까."

벌써 몇 번째다. 장호는 100원짜리 지폐를 나에게 살짝 보여 주며 군것질을 같이하자고 유혹하였다. 장호의 돈으로 군것질을 같이하는 것은 내가 장호에게 시험 정답을 보여 준 대가였다. 물론 이것은 범죄고, 나쁜 일이며, 친구를 돕는 일이 아니라 친구를 망치는 일임이 분명했다. 그러나 그때는 이러한 일이 크게 잘못이라는 죄의식이 없었다. 군 것질을 함께할 수 있다는 욕망이 앞섰던 것이다.

그때는 100원이 적은 돈이 아니었다. 그러나 장호가 자기 아버지 주머니에서 100원짜리 하나를 빼 오는 것은 어려운 일이 아니었다. 그 당시 소 장사를 하던 장호 아버지는 항상 현금을 많이 만지셨다. 동네에서 큰 부자로 살았다. 장호도 통이 커서 주머니에 100원짜리 몇 장은 항상 갖고 다녔으며, 나뿐만 아니라 다른 친구들과도 군것질을 많이 하였다.

장호는 공부를 열심히 하여 성적을 올리려는 노력은 하지 않고, 대신 돈으로 정답을 샀다. 그런 장호의 유혹에 넘어가서 나는 군것질거리를 얻어먹고 범죄를 저지른 것이다. 나는 시험 정답을 보여 준 대가로 내 돈을 들이지 않고 친구 돈으로 빵이며 꽈배기, 눈깔사탕, 아이스께끼를 얻어먹는 재미에 푹 빠졌다. 범죄의 늪에 빠져 정의를 보는 눈이 어두워진 것이다. 누가 더 나쁘다고 말할 수 없을 정도로 둘 다 잘못했다.

항상 꼬리가 길면 밟히는 법이다. 이런 잘못된 일은 일찍 끝냈어야 했는데, 결국 장호는 꼬리를 밟히고 말았다.

장호가 친구들과 군것질을 많이 한다는 소문이 장호 부모님의 귀에 들어간 것이다. 결국 장호는 자기 아버지 주머니에서 돈을 빼낸 것을 사실대로 말할 수밖에 없었다. 담임 선생님은 장호의 자리를 맨 앞으로 옮겼고, 나는 더 이상 장호에게 시험 답을 보여 줄 수 없었다.

교실 바닥을 훑던 시절

　초등학교 4학년 때의 일이다. 5학년 때인지도 모른다. 아니다. 2년 동안 그랬는지도 모른다. 기억이 뚜렷하지는 않다. 나와 같은 반 친구 두 명은 교실 바닥을 훑기 시작했다. 그때 우리 초등학교의 건물은 세 동이었다. 4학년과 교무실이 있는 운동장 쪽 동, 그 뒤에 있는 3학년과 6학년이 사용하는 동 그리고 1학년과 5학년이 있는 서쪽 동이다. 우리가 2학년 3반일 때 쓰던 단칸 교실 동도 하나 더 있긴 했다.

　하여튼, 셋이 어디서 그런 생각을 했는지는 기억에 없지만, 학교 건물의 맨 아래쪽에 있는 환기 구멍을 통해서 교실 바닥을 기어 들어갔다. 교실 바닥은 흙과 먼지가 가득하여 눅눅한 냄새가 났다. 괜히 들어왔나 후회도 들었다. 몸집이 작은 아이만 간신히 들어갈 수 있는 환기 구멍을 통해 안으로 들어가니 햇빛도 한 점 없어 무서웠다.

　다행히 세 명이 같이 있다는 안도감으로 교실 바닥을 기었다. 그때 누군가 말했다.

"야, 여기 연필 되게 많다."

"어디, 어디?" 하며 기어가는데 또 저쪽에는 지우개도 있었고, 책받침도 있었고, 동전도 있었다. 교실에서 바닥 틈새로 빠진 것이면 무엇이든 거기 다 있었다. 횡재였다. 정말 살림살이가 폈다. 이 많은 연필과 지우개와 책받침과 거기다가 동전까지. 이제 큰 부자가 됐다.

지금 생각해 보면 아무나 들어가지 않는 교실 바닥에 몰래 들어간다는 호기심과 약간의 모험심, 그 많은 연필과 지우개를 다 쓰지도 못할 거면서 우선은 많이 갖고 싶다는 쓸데없는 욕심, 친한 친구끼리 몰려다니면서 나쁜 짓을 같이 한다는 잘못된 의리가 그런 일을 하게 만든 것 같다.

한번 길을 튼 모험심은 학교 건물의 모든 바닥을 다 훑고 말았다. 나중에 알게 된 일이지만 우리뿐만 아니라 다른 녀석들도 알게 모르게 교실 바닥을 훑었다는 무용담 아닌 무용담을 자랑하고 다녔다. 꼬리가 길면 밟히는 법. 결국은 학교에서도 이런 일을 알게 되었고, 환기 구멍은 쥐 한 마리 들어갈 수 없도록 철제 쇠 그물로 바뀌고 말았다. 더 이상 교실 아래 눅눅한 바닥을 훑는 아이는 없게 되었다. 오늘날의 학교 건물에는 애초에 그런 환기 구멍이 없어서 정말 다행이다.

밀린 육성회비 때문에

✻

내가 초등학교에 다닐 때는 전교생이 아침마다 운동장에 모여 조회하는 일이 참 많았다. 그때도 당연히 애국가를 불렀을 텐데, 애국가보다는 교가를 불렀던 기억이 더 생생하다. 삼기초등학교 근처에서 가장 높은 산은 해발 430m의 미륵산이다. 그래서 초등학교 교가에는 미륵산과 호남평야가 등장한다. 그런데 미륵산은 삼기중학교와 이리고등학교의 교가에도 나온다. 결국 나는 초·중·고 12년 내내 미륵산을 노래하며 학교에 다닌 셈이다.

전교생 조회에서 가장 중요한 순서는 단연 교장 선생님의 훈화 말씀이었다. 6년 동안 수없이 많은 훈화를 들었을 텐데, 정작 감명 깊게 남은 내용은 하나도 없다. 당시에는 분명 피가 되고 살이 되는 훌륭한 말씀을 하셨을 터다. 훈화 다음에는 생활 지도 선생님의 주의 사항이 이어지곤 했다.

하지만 뭐니 뭐니 해도 조회의 핵심은 육성회비 납부 확인이었다. 우리 할머니는 '후원회비'라고도 부르셨다. 조회의 대미를 장식하는 행사는 육성회비를 낸 학생은 교실로 들어가고, 안 낸 학생은 집으로 돌아가 돈을 가져오게 하는 것이었다. 아침에 못 가져온 돈이 집에 다시 간다고 갑자기 생길 리 있겠는가? 그 옛날 시골에서 어떻게 급히 돈을 마련한단 말인가? 육성회비를 걷어 학교 경비를 쓰고 선생님 월급도 줘야 하는 학교나 당장 돈이 나올 구멍이 없는 가정이나 답답하기는 마찬가지였다.

나는 육성회비를 제때 내지 못해 집으로 돌아가야 하는 학생으로 늘 분류되곤 했다. 집에 가서 가져오라니 일단 발길을 돌리긴 하지만, 농사일로 바쁜 어머니를 붙잡고 졸라봐야 돈이 나올 가능성은 어림 반 푼어치도 없었다. 육성회비를 달라고 보채는 아들에게 어머니가 해 줄 수 있는 대답은 늘 똑같았다.

"고구마 캐면 준다고 해라."

고구마를 수확해 팔아야 현금이 생긴다는 뜻이었다.

하는 수 없이 다시 발길을 돌려 학교로 터덜터덜 향했다. 초등학교 6년 내내 밀리던 육성회비는 중학교에 가서도 여전했다. 다행히 중학교 때는 운동장 조회가 많지 않았고, 집으로 돌려보내지도 않았다. 다만, 거의 매일 아침 1교시 시작 전 행정실 주사님이 교실을 찾아오는 일은 멈추지 않았다. 그분은 교실에 들어서자마자 큰 소리로 외치셨다.

"육성회비 안 낸 사람 인나!"

'인나'는 '일어나'의 익산 지방 사투리다. "너 언제까지 가져올 거야?"라는 주사님의 다그침에 확답을 드려야만 주사님은 교실을 떠나셨다.

그 당시 삼기에 살던 아이들은 대부분 이런 경제적 어려움을 겪으며 자랐다. 다행히 고등학생이 되었을 때는 육성회비 독촉을 받지 않았던 것으로 보아, 우리나라 경제가 조금씩 나아지던 시기였던 것 같다. 그때쯤 어머니도 남의 집 농사 품팔이만 하시는 게 아니라 이웃 동네에 새로 생긴 버섯 농장에 다니며 '월급'이라는 것을 받기 시작하셨다. 세상이 한결 살 만해진 것이다. 버섯 농장 일도 고된 노동이었겠지만, 매달 정기적으로 현금을 손에 쥘 수 있게 되면서 어머니의 깊은 한숨도 조금은 잦아들었을 것이다.

씨름 이야기

＊

  나는 어렸을 때 씨름을 잘했다. 나보다 덩치가 큰 사람도 곧잘 넘어뜨리곤 했다. 아마 씨름부가 있는 학교에 다녔다면 분명 씨름 선수가 되었을 것이다. 내 실력이 코치 선생님의 눈에 띄어 금방 스카우트되지 않았을까? 어린 시절의 나였다면 그저 밥을 든든히 먹어 준다는 코치님의 감언이설에도 금세 넘어가 모래판에 몸을 던졌을 것이다. 어디 밥뿐이겠는가! 합숙하며 숙식까지 해결해 준다니 분명 씨름 선수의 길을 걸었을 것이고, 태백급에서 장사 타이틀을 열 번도 더 차지했을지 모른다.

  초등학교 시절에는 장소를 가리지 않고 친구들의 허리춤을 부여잡으며 씨름을 했다. 그때는 샅바가 있는 줄도 몰랐다. 그저 바지춤을 꽉 움켜쥐고 버티며 상대를 들어올렸다. 바지가 위로 한껏 끌어올려져 엉덩이 골이 적나라하게 드러나기도 했지만, 내 눈에는 내 엉덩이가 보이지 않으니 창피할 것도 없었다. 그렇게 어디서나 씨름을 했다.

그 씨름은 때로는 유도가 되고, 때로는 레슬링이 되었다. 주먹질과 발길질만 없을 뿐이지 그야말로 '종합격투기'나 다름없던 시간이었다.

동네 뒷동산에 모이면 일단 씨름부터 시작했다. 나보다 덩치가 큰 동갑내기 효식이도, 힘깨나 쓴다는 한 살 아래 장석이도, '뚱땡이'라고 놀림받던 이웃 동네 영석이도 내 앞에서는 일단 넘어지는 게 순리였다. 실력이 나만 못하니 어쩔 수 없는 노릇이었다. 쪼그만 녀석한테 번번이 지는 게 억울하다며 씩씩거리며 덤벼 봐도, 결국 뒷동산 바닥을 뒹구는 것은 그들이었으니 어찌할 도리가 없었다.

학교에서도 교실, 복도, 운동장을 가리지 않고 허리춤 씨름이 이어졌다. 물론 학교에는 제법 센 녀석들도 있었다. 그들은 호락호락하지 않았다. 그야말로 막상막하, 비등비등한 용호상박의 대결이었다. 어차피 샅바도 없이 하는 씨름인 데다 심판도 없으니, 누구의 신체가 먼저 땅에 닿았는지 판정하기란 쉽지 않았다. 이겼다고 만세를 부를 일도, 졌다고 의기소침할 일도 없는 즐거운 놀이였다.

그러던 6학년 어느 날, 갑자기 '리 대항' 씨름 대회가 열린다고 하였다. 삼기면에는 초등학교가 두 곳 있는데, 내가 다니던 삼기초등학교 구역에는 간촌리, 서두리, 오룡리,

기산리, 용연리 등 다섯 개 리가 있었다. 먼저 각 마을을 대표할 선수를 뽑아야 했다. 나는 당연히 간촌리 대표 5 인 안에 들 줄 알았으나, 나를 만만히 본 현규가 결판을 내자며 도전해 왔다. 현규 역시 막상 잡아 보니 만만치 않았다. 둘이 거의 동시에 넘어졌지만, 심판을 보던 한열이가 나의 승리를 선언해 주어 가까스로 리 대표가 되었다.

드디어 간촌리와 용연리의 예선전이 시작되었다. 덩치가 가장 작은 내가 첫 번째 주자로 나섰다. 상대는 5학년 학생이었다. 한 살 아래 동생이라고 가볍게 보았는데, 막상 샅바를 잡아 보니 요 녀석 보통내기가 아니었다. 선생님의 호각 소리와 동시에 상대의 전격적인 안다리걸기에 나는 그만 고꾸라지고 말았다. 인생 첫 공식 경기에서 패배의 쓴잔을 마신 순간이었다. 나중에 안 사실이지만, 그 아이는 실전 경험이 꽤 풍부한 선수였다. 동네 씨름만으로는 제대로 배운 녀석을 당해 낼 수 없다는 것을 그때 깨달았다.

중학교, 대학교 시절을 지나 교사가 되어서도 나의 씨름 사랑은 계속되었다. 봉산초등학교 재직 시절, 인근 봉산중학교 씨름부 선수들이 연습하는 모습을 우연히 보게 되었다. 체육 선생님의 허락을 얻어 중학교 2학년 선수와 한판 붙었다. 아뿔싸, 역시 선수는 달랐다. 두 판을 내리 졌는데, 그야말로 완패였다. 자존심이 상해 한 번 더 하려 했지만 체육 선생님이 만류하셨다. 아마 내 체면을 생각해 주신 모양이다.

지금도 마음만은 천하장사다. 누구와 붙어도 지지 않을 것 같은 기분이 든다. 물론 어디까지나 마음뿐이다. 나는 전문 선수도 아니고, 씨름을 제대로 배운 적도 없다. 그래서 선수 출신과 샅바를 잡아 보면 힘쓸 곳을 찾지 못하고 허둥대기 마련이다. 역시 독학에는 한계가 있다. 세상 모든 일이 그렇듯 씨름 또한 아무나 독학으로 정점에 설 수는 없는 법이다. 그래서 인생에는 스승이 필요하다. 스승의 가르침을 겸손하게 따라야 발전이 있는 법이다. 그렇지 않으면 언제나 제자리에 머물 수밖에 없다는 것을 씨름을 통해 배운다.

간신히 받은 초등학교 졸업장

✳

나는 하마터면 초등학교조차 졸업하지 못할 뻔했다. 자칫 최종 학력이 '초등학교 중퇴'로 남을 수도 있었으나, 정말 운 좋게도 간신히 졸업장을 손에 쥐었다. 나보다 열세 살이나 많은 하나뿐인 큰누님 덕분이었다. 우리 형제들은 아주 어릴 적부터 누나를 '누님'이라 불렀고, 지금도 그렇게 부른다. 누님은 옛말 그대로 '살림 밑천인 첫딸'이었으며, 우리 형제들에게 그 역할을 기꺼이 다해 주었다.

초등학교 6학년 2학기 무렵부터 나는 학교에 거의 가지 않았다. 아마 고구마를 캐기 시작하던 9월 중순부터였을 것이다. 동네 여기저기 고구마 수확을 도와주고 품삯을 받는 일에 재미를 붙였다. 사실 품삯보다는 일하며 얻어먹는 밥과 새참의 맛에 푹 빠졌던 것 같다. 우리 집 형편으로는 구경조차 하기 힘든 성찬이었기 때문이다. 할머니와 어머니도 군이 학교에 가라는 말씀을 하지 않으셨다. 이유는 단 하나, 어차피 중학교에도, 고등학교에도 보낼 형편이 아니었기 때문이다. 아이가 스스로 학교를 그만두었으니 어른들로서도 책임을 면한 셈이었고, 오히려 잘된 일이라 여기셨을지도 모른다.

늦가을 찬 바람이 불고 고구마와 벼 수확이 모두 끝나자, 농촌은 한가해졌다. 6학년 중퇴생인 어린아이가 계속 품팔이를 할 곳은 마땅치 않았다. 고민 끝에 나는 군산으로 시집간 누님 댁으로 향했다. 당시 누님은 군산에서 작은 동네 슈퍼를 운영하고 있었다. 학교는 어떻게 하고 왜 여기 왔느냐는 누님의 물음에, 나는 '농번기 방학'이라 학교에 가지 않아도 된다고 둘러댔다.

누님 댁에서 잔심부름도 하고 가게도 보며 며칠을 보냈지만, 누님의 의심을 피할 수는 없었다. 아무리 농번기라 해도 방학이 이렇게 길 리가 없었기 때문이다. 누님은 내 새카맣게 탄 얼굴과 거칠어진 손마디를 보며 이미 모든 것을 눈치채신 듯했다. 전화도, 카톡도 없던 시절이라 고향 집에 연락해 확인할 방법도 없었기에 누님은 마음이 다급해진 듯했다. 결국 더는 머무를 수 없게 된 나를 누님이 직접 삼기 집으로 데려갔다. 군산역에서 기차를 타고 이리역까지, 그리고 이리에서 삼기로 돌아오는 버스 안에서 누님은 아무 말 없이 내 손을 꽉 잡고 계셨다. 꾸중보다 무거

윘던 그 정적 속에서 창밖으로 지나가는 마른 들판을 보며, 나는 비로소 내가 돌아가야 할 곳이 어디인지 깨달았다. 누님의 손에 이끌려 돌아온 덕분에 나는 꼼짝없이 6학년 과정에 '복귀'하게 되었다.

누님의 손을 잡고 학교 교문을 들어설 때, 그리고 6학년 2반 교실에 들어갈 때까지 차가운 겨울바람보다 더 시렸던 것은 부끄러움이었다. 그렇지만, 오랜만에 등교했음에도 담임 선생님은 별다른 말씀이 없으셨다. 친구들 역시 나의 장기 결석에 대해 딱히 궁금해하지 않았다. 그 시절엔 집안 사정으로 학교를 빠지는 아이들이 간혹 있었기 때문이다. 9월 중순부터 11월 중순까지, 거의 두 달을 결석한 채 돌아온 나는 얼마 지나지 않아 겨울 방학을 맞았다.

내가 결석한 사이 학교에서는 많은 일이 지나갔다. 6학년의 꽃인 수학여행도 이미 끝난 뒤였다. 설령 내가 학교에 다녔다 한들, 여행 경비를 내지 못해 가지 못했을 것이라 생각하니 씁쓸한 마음이 든다. 졸업 앨범용 사진 촬영도 끝난 후라 내게는 초등학교 졸업 사진이 없다.

무엇보다 큰 손실은 학습 공백이었다. 6학년 2학기라는 중요한 시기에 두 달이나 학교를 빠진 대가는 중학교에 진학한 후에야 뼈저리게 다가왔다. 친구들이 쉽게 이해하고 대답하는 문제들을 나는 처음 들어 보는 경우가 허다했다. 공부에도 다 때가 있다는 말을 실감하며 그 소중한 시간을 허비한 것이 못내 아쉬웠다.

　다행이라 해야 할지, 그 당시에는 초등학교 과정에 영어 과목이 없었다. 만약 그때 영어를 배웠어야 했다면 나는 평생 '영어 부진아'로 살았을지도 모른다. 그것이 그나마 내 인생에서 찾을 수 있는 작은 행운이었다.

이리역 폭발 사고

✳

매년 11월 11일은 '빼빼로데이'라고 하여, 아이들이 빼빼로를 사 들고 학교에 온다. 그래서 11일이 되기 며칠 전부터 빼빼로를 학교로 가져오지 않도록 지도한다. 이렇게 미리 지도를 하면 빼빼로를 덜 가져오는데, 혹시라도 지도하는 것을 잊으면 빼빼로가 학교에 넘쳐나는 일이 흔하다. 학생들 건강에도 별로 도움이 안 되고, 쓰레기 처리 문제도 있고, 수업에 집중도도 떨어지는 문제가 있다. 한마디로 학생들이 빼빼로를 학교에 가져오면 좋을 일이 없다.

그런데 익산 출신들은 11월 11일을 빼빼로데이로 기억하지 않는다. 더 크고 중요한 사건이 바로 이날 있었다. 바로 이리역 폭발 사고다. 물론, 예전의 '이리시'라는 이름이 지금은 익산시로 바뀌어 이리역 이름도 익산역으로 바뀌었다. 내가 중학교 3학년이던 1977년에 있었던 일이다.

그 유명한 하춘화와 이주일의 이리 삼남극장 일화가 생긴 날이 바로 이날이다. 이리역 폭발 사고로 인하여 근처의 많은 건물이 무너졌다. 이날 밤에 이리시 삼남극장에서 하춘화 콘서트를 하고 있었는데, 이리역 바로 옆에 있던 이 극장 건물도 무너졌다. 콘서트 사회를 보던 코미디언 이주일은 묻지도 따지지도 않고 하춘화를 업고 뛰쳐나가서 더 이상의 부상을 줄일 수 있었다. 이 일로 이주일이 하춘화의 생명의 은인이 되었고 이 일은 두고두고 이야깃 거리가 된 것이다.

오늘날처럼 통신이 발달했다면, 바로 실시간으로 이리역 폭발 사고가 알려졌겠지만, 그 당시 밤중에 일어난 폭발 사고는 다음 날 학교에 가서야 난리가 터진 것을 알게 되었다. 이리역에서 대략 직선거리로 10km쯤 되는 우리가 다니는 삼기중학교 건물의 유리창이 많이 깨졌다. 폭발의 위력이 얼마나 대단한 것이었는지를 증명한 것이다.

이리역 폭발 사고는 화물 기차에 폭발물을 싣고 광주까지 가려던 열차가 잠시 이리역에 멈춰 쉬는 동안, 화약을 관리하던 직원이 촛불을 잘못 건드리는 바람에 촛불이 화약에 옮겨붙어 발생한 폭발이라고 한다. 어처구니없는 이 폭발 사고로 이리역 근처의 많은 건물이 폭삭 주저앉았고, 사망자와 부상자 그리고 많은 수의 이재민이 발생하였다.

바로 이런 날에 빼빼로데이라고 빼빼로를 선물로 주고받

으며 빼빼로를 먹는 데만 정신이 팔린 사람들을 볼 때면 익산 출신들은 만감이 교차하게 된다. 너무나 슬픈 폭발 사고의 날이기는 하지만, 날짜를 보면 더 기가 막히다. 무슨 우연의 일치인지. 1977년 11월 11일. 칠칠년 '쭉쭉 쭉쭉'이다. 기차 소리 '칙칙폭폭'의 77, 쭉 뻗은 철로 모양 11. 그래서 익산 출신들은 이리역 폭발 사고 날을 잊을 수가 없다.

막걸리 한잔

*

막걸리는 딱 첫 잔만 맛있다. 그다음부터는 안주가 좋다는 핑계를 대며 괜히 마시는 것이다. 맥주는 두 잔까지가 맛이 좋고, 그 이후는 분위기에 취해 마신다. 소주는 석 잔까지가 딱 정량이다. 그 이상은 친구가 좋다는 이유로 "부어라, 마셔라!" 하며 억지로 잔을 채우곤 한다. 위스키는 도무지 무슨 맛인지 모르겠지만, 목을 타고 몸 깊숙이 파고드는 짜르르한 자극만큼은 강렬하다. 와인은 여전히 정체를 알기 어렵다. 떫고 맛없는 것은 비싸다 하고, 달콤하고 입에 달라붙는 것은 오히려 저렴하다니 말이다. 그래도 와인은 같이 자리한 사람들과 잔을 '쨍그랑!' 부딪히는 맛으로 마신다. 자꾸 마시다 보면 텁텁한 맛이 그리워지기도 한다.

〈막걸리 한 잔〉이라는 인기 트로트 곡이 있다. 이 노래를 들을 때마다 "황소처럼 일만 하셔도 살림살이는 늘 그 자리"라는 대목에서 가슴이 먹먹해진다. 어린 시절, 나의 할머니와 어머니도 황소처럼 일만 하셨다. 하지만 살림살이는 좀처럼 나아지지 않았다. 돈이 없어서 포기해야 할 것이 많았고, 그만큼 꿈의 크기도 작아졌다. 그렇다고 일찍 철이 든 것도 아니었다. 그저 그때그때 닥치는 대로 적당히 시험공부를 하고, 적당한 고등학교에 들어갔고, 적당한 교육대학교에 입학했으며, 별로 적당하지 못하게 졸업했다.

술은 19세 미만 청소년의 건강에 치명적이다. 그래서 법으로 판매를 금지하고, 절대로 마시지 못하게 한다. 문득 생각해 보면, 성장기 아이들에게 해로운 것이 어른이라고 좋을 리 없다. 실제로 술은 국제암연구소(IARC)가 지정한 1급 발암 물질이다. 주량이 몇 병이라느니 하며 술 실력을 자랑하는 어른이 있다면 이제는 생각을 고쳐먹어야 한다. 건강을 생각한다면 단 한 잔도 마시지 않는 것이 최선이기 때문이다.

나는 술고래도 아니고 술자리를 찾아다니는 애주가도 아니다. 오히려 술의 독성을 무서워하는 편이다. 그렇다고 술자리에서 분위기를 깨며 꽁지를 빼지는 않지만, 나름대로 절제하며 마시려 노력한다. 자꾸 술을 권하는 사람은 멀리하고, 적당히 마신 것 같은데 다음날 속이 부대끼면 깊이 후회한다. 절제는 늘 어렵기에, 아예 술을 입에 대지 않는 친구들을 볼 때면 존경스러운 마음마저 든다.

미선이의 다정한 미소

✱

　고등학교 2학년 기말고사가 끝난 12월 중순, 하숙집 작은 방에서 늘 같이 공부하던 상철이와 용민이는 시험이 끝났다는 사실만으로도 어깨가 가벼웠다. 그때 용민이가 조심스레 말을 꺼냈다.

　"상철아… 오늘 제과점에 한번 가 보지 않을래?"

　"뜬금없이 웬 제과점…."

　"맛난 빵이나 한번 먹어 보자고. 그리고 사실은 여학생 만나기로 약속했어."

　"여, 여학생…? 혼자 가. 나는 안 간다."

　"상철아, 진짜 부탁이다. 미선이의 친구가 있는데… 그 친구와 좀 잘해 보고 싶어. 근데 혼자 나가면 너무 어색하잖아. 너 없으면 정말 못 나가겠다."

　이 말을 듣는 순간, 상철이는 마음 한쪽이 살짝 흔들렸다.

　'용민이가 이렇게까지 말하는 건 처음이네….'

　평소 장난만 치던 용민이가 이렇게 진심을 보이는 건 드문 일이었다. 결국 상철이는 무슨 큰 결심이나 한 것처럼 깊게 숨을 들이쉬었다.

"그래… 같이 가자."

이리역 근처의 동화당 제과점의 문을 열고 들어갔다. 따뜻한 공기와 달콤한 빵 냄새 그리고 반짝거리는 조명이 상철이를 한 번 더 놀라게 했다. 창가 구석 자리에 자리를 잡았다.

"와… 세상에 이런 데가 다 있었구나…."

주위를 둘러본 상철이는 촌스럽게 감탄했다. 다른 테이블에는 여고생들, 대학생들, 부모가 어린 자녀를 데리고 함께 찾아온 가족들이 앉아 있었다. 상철이는 마치 다른 세상에 들어온 듯했다. 잠시 후, 문이 다시 열리며 교복을 입은 여고생 둘이 들어왔다. 그 순간, 시간이 잠깐 멈춘 것 같았다. 미선이는 먼저 용민이를 향해 환하게 웃어 주었다. 그리고 상철이에게도 살짝 미소를 지으며 눈인사를 했다. 작은 미소였지만, 그 미소는 마치 겨울바람 사이로 스며드는 햇살처럼 따뜻하고 다정했다. 약간은 은밀한 곳에서 여학생과 처음 마주친 상철이는 무슨 잘못을 저지르고 있는 것처럼 심장이 쿵 하고 크게 뛰었다.

용민이와 미선이의 친구가 인사를 나누고, 상철이와 미

선이도 인사말을 교환했다. 자리에 앉아서 어색한 시간이 조금 흘렀을 즈음, 미선이가 먼저 입을 뗐다.

"상철 군은… 너무 긴장한 것 같아요!"

이 말에 상철이는 좀 창피했다. 미선이는 상철이의 마음을 꿰뚫고 있는 것처럼 보였다. 상철이가 생각해도 자신은 촌닭처럼 보였다.

"괜찮아요. 우리 그냥 빵 먹으러 온 거라고 생각해요."

상철이는 그 말에 살짝 웃었다. 그리고 긴장이 조금 풀렸다. 케이크가 나오자 미선이는 조심스럽게 그리고 천천히 8등분으로 잘랐다. 전에도 이런 케이크를 많이 잘라 본 솜씨 같았다. 그리고는 용민이와 상철이에게 그리고 다른 친구에게도 작은 조각을 접시에 담아 아주 정성스럽게 밀어 주었다.

"아, 그리고 우리 동갑이니까, 그냥 편하게 반말로 얘기하자."

용민이의 말에 모두 고개를 끄덕였다.

"이거 한번 먹어 봐." 하며 미선이가 상철이 앞으로 이번에는 빵을 잘라서 밀어 주었다.

그 순간, 상철이 마음속 어딘가에서 부드러운 파문이 번졌다.

'왜 이렇게… 따뜻하고 다정하지?'

평소 누군가에게 이런 친절을 받아 본 적이 없던 상철이는 작은 케이크 조각 하나에도 그리고 빵 조각 하나에도 이상하게 가슴이 먹먹해졌다. 그리고 미선이의 질문이 이어졌다.

"혹시 공부하다 힘들 때는 어떻게 해?"

"……."

"장래 희망은 뭐야?"

"……."

이 질문들은 단순한 호기심이 아니라 그의 이야기를 진심으로 듣고 싶어 하는 마음처럼 느껴졌다. 그게 상철이를 더 감동하게 했다.

주변이 시끄러웠지만 상철이 귀에는 미선이 목소리만 들어왔다. 기억을 더듬어 보면, 옆에서 용민이와 다른 여학생이 무슨 이야기를 했는지 전혀 기억나지 않는다. 그때, 미선이가 아주 작은 목소리로 말했다.

"상철이는… 참 착한 것 같아. 나도 오빠가 많아서 남자 보는 눈은 있거든!"

그 말이 가볍게 들리지 않고 마음 깊숙한 곳에 톡 하고 떨어졌다. 미선이는 자기 얘기도 많이 하고 상철이에게 질문도 많이 했지만, 상철이는 미선이가 묻는 말에 간단히 대답만 할 뿐 입이 열리지 않았다. 뭘 어떻게 하자는 것도 아닌데, 상철이는 심장이 쿵쾅거리고 주스를 마시러 집어 든 주스 잔은 덜덜 떨려서 하마터면 주스를 흘릴 뻔하였다.

그리고 그날 밤 하숙집으로 돌아오는 길, 도로 위의 가로등 불빛이 눈처럼 부드럽게 번지며 상철이의 마음 한 귀퉁이를 환하게 비췄다. 미선이의 다정한 얼굴과 "열심히 공부해라." 하시던 엄마의 걱정과 단호함이 함께 서린 얼굴이 교차했다.

겨울 방학 동안 한 번 더 만났지만 미선이는 이리중앙여고 기숙사에 들어가게 되었고, 기숙사 생활은 자유로운 외출을 허락하지 않았다. 그리고 다가오는 대입 시험을 앞둔 고3 수험생에게는 모두가 공부에 매달릴 때였다. 마지막 만남에서 미선이는 말했다.

"우리… 대학 붙으면 다시 꼭 만나자."

상철이는 그 말을 오래도록 마음에 담아 두었다. 그 말이 힘이 되었고, 때때로 어려움이 올 때 작은 희망처럼 떠올랐다. 하지만 세월은 늘 사람의 뜻대로 움직이지 않았다. 미선이는 전북대학교 사대 영어교육과에 합격했다. 반면, 상철이는 경찰대학교 시험에 떨어져 재수생이 되었다.

대학생과 재수생 사이의 거리는 생각보다 훨씬 멀고 크게
벌어졌다. 연락은 줄었고, 서로의 소식도 점점 옅어졌다.

　세월이 흐르고 여러 날이 지나도 상철이 마음속에는 동
화당 제과점의 구수한 빵 냄새와 미선이가 잘라 준 작은
케이크 조각 그리고 미선이의 다정한 첫 미소가 오래도록
따뜻한 추억으로 남아 있다. 그것은 누구에게나 한 번쯤
찾아오는 첫 마음의 떨림이었고, 첫 감동이었다. 아니, 상
철이에게만 찾아온 떨림이었는지도 모른다.

가정 방문 – 피라미튀김

✽

그 옛날에는 학교에 가정 방문이라는 제도가 있었다. 내가 초등학교에 다닐 때도 선생님이 학생의 집을 방문하여 부모와 상견례도 하고, 상담을 하기도 하는 가정 방문이 있었다. 선생님들이 가정 방문을 하시면 살림이 넉넉하지 않은 그 시골에서도 암탉을 잡는다든가 하여 선생님을 융숭하게 대접하여 맞이하곤 했었다. 그래도 대부분의 가정에서는 선생님들의 가정 방문이 적잖이 부담스러운 것은 예나 지금이나 어쩔 수 없는 사실이다. 학교에서 선생님들이 방문하신다니 어쩔 수 없이 받아들이고, 마땅히 대접해 드렸다. 학교에서 행하는 어떤 일에 대하여 학부모가 불만을 말할 그런 시대는 아니었다.

1984년 내가 처음 교사가 되었을 때도 가정 방문을 하였다. 교사인 나도 그런 가정 방문 제도가 있다고 하니 따를 뿐이었지 딱 마음 내키는 일은 아니었다. 하루에 대여섯 또는 예닐곱 학생의 집을 방문하는 일은 힘든 일이었다.

그리고 학생의 부모님과 어떤 애기를 먼저 꺼내야 하는지, 어떻게 대화를 계속 이어 가야 하는지도 부담이 아닐 수 없었다. 어떤 집은 할아버지, 할머니도 계셨는데, 그런 어른을 대할 때의 예의는 더 어려웠다.

더군다나 학생의 가정에서는 선생님을 대접하는 것이 고민이 아닐 수 없었을 것이다. 그 봉산초등학교는 현재 합천댐의 물을 채워 주는 황강을 감싸는 지역이었다. 황강 상류의 맑은 물 덕분에 피라미가 특산물이었다. 방문하는 가정마다 피라미튀김이 담임 선생님을 대접하는 간식으로 올라왔다. 진짜 피라미튀김을 많이 먹었다.

지금 돌이켜 보면 그 시절의 가정 방문은 선생님도, 학부모도, 학생도, 누구 하나 편한 사람이 없는 자리였다. 그럼에도 모두가 서로를 위해 성의를 다했고, 그만큼 관계도 더 가까워졌던 것 같다. 나는 피라미튀김 냄새가 아직도 코끝에 남아 있다. 힘들고 어색했던 자리였지만, 그 속에는 서로를 향한 마음이 있었다. 요즘은 교사의 가정 방문이 사라지고 부모님의 학교 방문이 그 자리를 차지하고 있다. 또 전화나 문자나 카톡이나 가정통신문이 대신하고 있다. 가끔은 그 시절의 번거롭고 서툰 만남이 주었던 따뜻함이 그리울 때가 있다. 어쩌면 그때의 가정 방문은, 교육이라는 이름으로 서로를 이해하려 했던 한 시대의 방식이었는지도 모른다.

겨, 안 겨?

✱

    나의 초임지는 경남 합천 봉산초등학교다. 1983년 2월에 전주교대를 졸업하고 꼬박 1년을 놀고 나서, 1984년 3월 1일 자로 발령을 받았다. 5학년 2반 담임을 맡았다. 대한민국의 언어가 크게 다르지는 않지만, 전라도와 경상도의 말씨가 많이 다르다는 것은 누구나 다 아는 사실이다. 그렇다고 못 알아들을 정도는 아니다. 그렇지만 어떤 특정한 어휘에서는 오해가 생길 수도 있고, 그런 예화가 가끔 있다. 그중 하나가 앞의 제목에 나온, "겨, 안 겨?"다.

    내가 아이들에게 어떤 내용에 대한 설명을 하는데, 아이들이 호응이 없어서 호응을 알아보려고 묻는다는 것이 지나치게 전라도식 어휘를 사용한 것이다. 표준어로 한다면, "맞아, 안 맞아?" 또는 "알겠어, 모르겠어?"라고 했어야 했다. "겨, 안 겨?"라고 소리를 높일수록 아이들은 더 멀뚱멀뚱해졌다. 그때 바로 내 머리를 스쳐 가는, 선배들이 전해 준 예화가 생각났다. "겨, 안 겨?"라며 아이들에게 강하게 소리치니, 아이들이 겁에 질려 교실 바닥을 막 기어다녔다는 것이다. 그래서 나도 재빨리 경상도식으로 다시 물었다. "기이라, 아이라?"라고 물으니, 바로 아이들의 대답이 나왔다. "기이라예!"

그렇게 전라도 익산 삼기 촌놈이 경상도 합천 봉산 촌구석에서 3년을 보냈다. 그때는 나도 여전히 익산 사투리에 젖어 있었고, 아이들은 합천 사투리에 젖어 있었다. 익산 사투리와 합천 사투리의 중간 지점은 있을 수 없었다. 결국은 대한민국 표준어에서 만나야 했다. 그것이 교과서고, 그것이 교육이었다. 아이들을 좀 더 잘 가르쳐 보겠다고 윽박지르고 꾸중했던 것이 후회된다. 봉산의 아이들에게 좋은 가르침과 추억을 못 준 것 같아 항상 미안한 마음이다. 부디 훌륭한 사람 만나서 잘 배웠으면 하고 빌어 줄 뿐이었다.

혜순이의 김밥

*

1988년 해운초등학교에서 5학년을 담임할 때의 일이다. 가을 소풍 가는 날 아침, 학교 안에 있는 사택에서 자취 생활을 하던 나는 아침밥을 준비하지 않았다. 27세 총각이 혼자 살면서 끼니를 매번 준비하는 일은 쉬운 일이 아니었다. 그 당시에는 소풍 가는 날은 대부분 반장이 담임 선생님 점심 김밥을 푸짐하게 준비하는 것이 일종의 관례였다.

반장이 싸 온 김밥을 받으면 그 김밥으로 아침 식사를 대신할 계획이었다. 사택에서 출근 준비를 마치고 나서는 도중에 등교하는 혜순이를 만났다. 빵빵한 도시락 가방을 등에 메고 있었다. 분명히 김밥이 있을 것이다.

"혜순아, 김밥 싸 왔지?"

"네."

"그 김밥 지금 나 줘!"

"……."

"이따가 반장이 싸 온 김밥을 너에게 줄게. 바꿔 먹자."

"싫어요."

나는 진짜로 충격을 받았다. 더 이상 혜순이에게 김밥 흥정을 할 수 없었다. 혜순이라면 충분히 나의 제안을 받아들일 만하다고 생각했었다. 혜순이는 공부도 잘하고 달리기도 잘하여 항상 내가 좋아하고 나의 귀여움을 독차지하고 있던 아이였고, 나의 부탁이라면 그동안 잘 따라 주던 아이였다.

특히, 화성군에서 열리는 체육대회에 학교 오래달리기 대표로 매번 출전하면서 오산 읍내로 여러 번 같이 다녔었다. 점심도 같이 먹고, 간식도 사 주고, 응원과 격려도 많이 해 주고, 같이 버스도 타면서 담임 선생님인 나를 많이 따라 주었던 아이였다. 그런 혜순이가 내가 어려울 때 "No"를 한 것이다.

물론, 혜순이는 내가 아침밥을 먹지 못했다는 사정을 알 수는 없었을 것이다. 혜순이는 소풍 장소에 도착하여 자기가 준비한 김밥을 맛있게 먹을 생각뿐이었을 것이다. 그때나 지금이나 아이들 소풍의 하이라이트는 점심 도시락이었다. 그 도시락을 담임 선생님이 뺏으려 하였으니, 그런 제안을 받아들일 아이는 거의 없을 것이다. 오다가다 김밥 집에서 대충 사 온 김밥이라면 혹시 몰라도, 밤새 준비하고 새벽에 엄마와 정성 들여 준비한 김밥이라면 쉽게 그 김밥을 포기할 것 같지는 않았다. 그런 아이의 심정을 몰라 주고 김밥을 바꾸자고 했으니, 말도 안 되는 제안이었을 것이다.

지훈이의 방학 과제,
우표 모음집

✳

　1996년 광문초등학교에서 5학년을 담임을 맡았을 때의 일이다. 그때는 방학 때 학생들에게 방학 과제를 상당히 제시하였으며, 학생들은 개학날 방학 과제를 제출하여야 했다. 방학 과제를 제출하지 않았다고 벌을 받는 일은 없었으나 본인의 성실성을 훼손하지 않기 위해서 방학 과제 결과물을 제출해야만 했었고, 학교에서는 방학 과제를 평가하여 방학 과제 우수상을 시상하던 때였다.

　개학날 학생들이 각자 수행한 방학 과제 결과물을 학교에 가져오면, 학생들이 귀가할 때까지 과제물 평가를 담임 교사가 모두 끝낸다는 것은 사실상 불가능하다. 일단 개학날 당일에도 수업은 또 수업대로 진행해야 한다. 수업이 모두 끝난 후에 학생들이 귀가하면, 담임 교사는 책상 위에 놓인 결과물을 꼼꼼하게 평가하여 우수상을 추천하게 된다. 그래서 학생들은 일단 과제 결과물을 책상 위에 올려놓고 귀가하게 된다.

　매년 해 오던 이런 일이 문제가 생길 줄은 꿈에도 몰랐
다. 다음날에 알게 된 일이지만, 지훈이가 제출한 우표 모
음집이 도난을 당한 것이다. 값비싼 우표와 희귀 우표, 다
른 나라 우표는 물론 옛날 지폐까지 수집한 모음집이라는
것이다. 학생들이 모두 귀가하고 담임 교사가 방학 과제물
을 확인하기 전에 누군가 그 모음집을 훔쳐 간 것이다. 진
짜로 심증이 가는 아이가 있었지만, 오늘날처럼 CCTV가
있는 것도 아니고, 심증만으로 추궁할 수도 없는 일이어서
지훈이한테는 미안하고, 섭섭하고, 큰 손해를 끼친 일이었
으나, 어찌할 방법이 없었다.

그때, 지훈이와 지훈이 부모님께 제대로 사과를 드리지 못하여 상당히 미안하였다. 수년간 수집한 우표와 화폐를 잃어버렸으니 얼마나 상심이 컸을까? 수년간 수집한 노력과 가치를 잃어버리고 얼마나 허탈했을까? 그러한 노력과 추억과 비용이 투자된 고가의 과제물을 잘 지켜 주지 못한 담임 선생님에게 얼마나 원망이 컸을까? 그때의 미안한 마음이 아직도 가시지 않는다.

탄천 이매교
난간 위의 페튜니아

✳

아침에 출근길에 탄천의 이매교 다리를 건넜어요. 다리 난간 위에 예쁜 페튜니아 화분이 줄지어 놓여 있었지요. 멈춰 서서 보니 다리가 한층 더 환하고 아름다워 보였어요. 지나가는 사람들도 꽃을 보며 기분이 좋아졌을 거예요. 성남시에서는 오래전부터 다리 난간에 화분을 놓아 왔어요. 어떤 다리에는 화분이 난간에 매달려 있고, 또 어떤 다리에는 난간 위에 올려져 있답니다. 이매교는 난간 모양이 화분을 난간 위에 올려 두는 것이 보기에도 관리에도 편리한 것 같아요.

탄천의 다른 다리들을 보면, 보행로가 넓은 곳에는 난간이 아니라 바닥에 큰 화분을 두고 꽃을 키우기도 해요. 이렇게 여러 곳에 놓인 꽃들은 사람들의 발길을 잠시 멈추게 하고, 마음을 즐겁게 만들어 줍니다. 꽃을 돌보는 분들이 있어 우리가 매일 예쁜 꽃을 볼 수 있는 거예요.

그런데 저에게는 '페튜니아'라는 꽃이 매우 특별한 기억으로 남아 있어요. 1984년, 제가 처음 선생님이 되었을 때, 학교에서는 '환경 정리'라는 것을 중요하게 생각했어요. 환경 정리란, 교실을 깨끗하고 예쁘게 꾸미는 일이에요. 책상과 의자를 가지런히 놓고, 창문을 닦고, 벽에 그림이나 표어를 붙이고, 무엇보다 화분을 두는 것이었지요.

그때는 학교에서 화분을 사 주지 않았어요. 그래서 선생님들이 자기 돈으로 꽃을 사 와야 했답니다. 저도 거창 읍내에 가서 처음으로 꽃을 샀어요. 그때 처음 알게 된 꽃 이름이 페튜니아, 팬지, 데이지였지요. 저는 매년 그 꽃들을 사서 교실에 놓았어요. 하지만 그때는 '예쁘다'라는 마음보다는 '해야 하니까 한다'라는 마음으로 꽃을 가꾸었어요. 그래서 지금도 페튜니아를 보면 그 시절이 생각나곤 한답니다.

지금은 교실에 꼭 화분을 두어야 하는 규칙도 없고, 환경 정리 심사를 위해 선생님들이 교실을 떼 지어 다니는 일도 없어요. 선생님이 자기 돈으로 꽃을 사야 할 일도 없어졌지요. 지금은 더 자유롭고, 편안한 세상이 된 거예요. 꽃은 언제나 사람에게 기쁨을 줍니다. 다리 위의 화분도, 교실 속의 작은 꽃도 우리를 웃게 하지요. 그래서 저는 출근길에 이매교 난간 위의 페튜니아를 볼 때마다 마음속 깊이 고마움을 느낀답니다.

현재 초등학교의
생생한 생활 모습

등교 학생 아침맞이

＊

세린초등학교에는 교문이 세 개 있다. 차량이 통행할 수 있는 정문이 하나 있고, 사람만 다닐 수 있는 쪽문이 두 개 있다. 정문으로는 차량으로 출퇴근하는 교직원이 주로 다닌다. 가끔 학생들도 부모님의 차를 타고 와서 정문 앞에 내려서 등교하기도 하는데, 생활 규정으로는 권장하지 않는다. 그러나 승용차 등교를 하는 학생들도 각자의 사정이 있을 것이다.

한쪽 쪽문의 이름은 장미 쪽문이다. 그 쪽문 옆에는 학교의 교화인 장미꽃이 예쁘게 피어 있다. 장미 쪽문으로 들어오면 학교 중앙 현관 뒤쪽으로 들어오게 된다. 장미 쪽문으로 등교하는 학생은 그리 많지 않다. 다른 쪽 쪽문의 이름은 채움 쪽문이다. 학교 체육관의 이름인 채움관에서 이름을 따왔다. 채움 쪽문으로 들어오면 새로 말끔하게 단장된 채움관을 훤히 볼 수 있다. 채움 쪽문을 이용하면 중앙 현관 앞쪽으로 들어오게 된다. 세린초등학교 대부분의 학생이 채움 쪽문으로 등교한다.

그래서 나는 주로 채움 쪽문에서 등교 학생 아침맞이를 한다. 아침맞이가 딱 내키는 것은 아니다. 그러나 많은 학생이 등교하는데 누구 하나 나와 보는 사람이 없다면 학부모의 신뢰가 떨어질 것이다. 더군다나 올해는 서울 등지에서 초등학생 유괴와 관련된 사건이 몇 건 보도되었다. 이러면 학부모는 긴장하게 되는데, 이때 교문에서 교장이 떡하니 지키고 있으면 안심이 될 것이다.

처음에 아침맞이 나설 때가 망설여질 뿐, 실제 아침맞이 가는 길은 기분이 좋다. 내 눈을 컴퓨터 모니터에서 잠시 해방할 수 있다. 침침한 내 눈에 휴식을 주는 것이다. 아이들의 재잘거리는 소리도 들을 수 있다. 그 재잘거림은 진짜 참새의 지저귐 같다. 아이들의 예쁜 표정도 볼 수 있다. 봄 벚꽃보다 예쁘고 가을 단풍보다 찬란하다. 꽃놀이나 단풍놀이를 갈 필요가 없다. 아이들의 인사 소리도 들을 수 있다. 어떤 아이는 굳이 공수 인사를 하겠다고 두 손을 모아 배꼽에 대고 인사를 하기도 한다. 이런 모습은 참으로 귀엽다. 어떤 예술 작품도 배꼽에 두 손 모아 허리 굽혀 인사하는 아이의 모습보다 더 예쁘게 표현할 수 없을 것이다.

나의 기침 소리를
알리지 말라

✱

거의 3주째 감기가 떨어지지 않는다. 열도 없고, 두통도 없고, 콧물도 흐르지 않는다. 몸살로 드러누울 정도는 아니지만 그냥 기력이 없다. 오한 증세는 첫 주째 지나갔다. 지금은 간간이 기침이 나고, 목이 간질간질한 정도다. 약간 찬 바람을 맞으면 기침이 나온다. 보건실 옆 복도를 지나가면서 기침을 콜록거렸다. 보건 선생님이 내 기침 소리를 들었나 보다.

잠시 후, 보건 선생님이 쌍화탕 한 병을 들고 왔다. 내가 기침 소리를 안 냈어야 했는데, 보건 선생님께 들키고 말았다. 아무튼 내 건강을 염려해 준 보건 선생님이 무척 고마웠다. 보건 선생님의 관심만으로도 내 감기는 떨어질 것 같았다.

사실 나는 어느 학교에 근무할 때든지 보건실에는 가지 않는다. 아프면 참고, 참기 어려우면 병원에 간다. 학교 보건실에는 가지 않는다. 내가 의도적으로 보건실을 찾지 않는 이유는 딱 한 가지다. 내가 보건실에 기웃거리면 학생들의 건강에 관심과 수고를 쏟아야 할 보건 선생님의 시간을 뺏는 일이 된다. 나는 그것은 반칙이라고 본다. 그래서 보건실에 가지 않는다.

나 말고도 세린초등학교 보건실은 항상 문전성시를 이룬다. 세린초등학교 보건 선생님은 학교에서 아이들에게 제일 인기가 많다. 끊임없이 어린 손님들이 드나든다. 배가 아파도 보건실, 머리가 아파도 보건실, 손을 다쳐도 보건실, 다리를 다쳐도 보건실, 마음이 아파도 보건실을 찾는다. 구태여 보건 선생님의 인기를 내가 더 보태 드리지 않아도 문제없다. 그래서 나는 보건실에 한 번도 안 갔으며, 앞으로도 안 갈 것이다.

그런데 보건 선생님이 나를 찾아온 것이다. 무척 고마웠다. 그렇지만 다음부터는 보건 선생님께 나의 아픔을 들키지 않아야겠다고 더욱 다짐했다. 보건 선생님이 나를 찾아온 것은 내가 보건실에 찾아가는 것보다 보건 선생님께 더 수고로움을 끼친 것이다. 그래서 복도에서 절대로 기침을 하지 않아야겠다고 다짐했다. '나의 기침 소리를 보건 선생님께 알리지 말라.'라고 속으로 외쳤다.

그날 이후, 나는 복도를 지날 때마다 숨 참기 달인이 되었다. 특히 보건실 근처를 지날 때면 폐활량을 최대한 끌어올려 숨을 참았다. 간혹 기침이 나오려는 낌새가 느껴지면, 보건실 복도를 빨리 지나가든지 아예 고개를 숙이고 기침을 옷깃에 묻어 버렸다. 무슨 수를 써서라도 보건 선생님께 내 기침 소리를 알리면 안 된다. 비실거리는 모습을 보여서도 안 된다. 낯빛이 불편하게 보여서도 안 된다. 마치 출발선에 선 100m 달리기 선수의 출발 직전의 탄력 있는 몸매처럼 보여야 했다. 최소한 보건 선생님 앞에서는 그래야 했다.

어울림반 배진실 선생님

*

　세린초등학교의 배진실 선생님은 이름처럼 진실하고 성실한 분이다. 아니, 이름처럼 항상 두 배로 진실하다. 현재 특수학급인 '어울림반'을 맡고 계신다. 선생님의 얼굴에서 미소가 사라지는 날을 나는 한 번도 본 적이 없다. 토라진 표정도 본 적이 없다. 어울림반 아이들을 진심으로 대하고, 그 진심은 언제나 두 배로 전해진다.

　선생님은 날마다 중앙현관에서 어울림반 아이들의 아침맞이를 하신다. 하루쯤은 빠뜨릴 만도 한데, 그런 일은 결코 없다. 비가 오나, 눈이 오나, 바람이 부나, 늘 같은 자리에서 아이들을 맞이한다. 그 모습은 말 그대로 모범이고, 틀이며, 본보기다. "이렇게 해라, 저렇게 해라." 하고 말씀하시지 않아도 누구나 선생님의 모습만 보면 따르고 싶은 마음이 절로 생긴다.

　점심시간이 되면 늘 아이들과 함께 식사를 하신다. 아이들의 손을 꼭 잡고 급식실로 들어오지만, 그렇다고 과하게 간섭하지도 않는다. 아이들의 생각을 존중하며 자연스럽게 그들의 의견을 받아 주신다. 그래서인지 어울림반 아이들 역시 배진실 선생님처럼 언제나 행복해 보인다. 표정이 밝고 묻는 말에 대답도 잘한다. 날마다 성장해 가는 모습이 내 눈에도 보일 정도다.

세린초등학교에서 근무하는 교직원이라면 누구든지 선뜻 배진실 선생님 곁으로 다가설 수 있다. 세린초등학교 학생이라면 누구나 어울림반 아이들과 자연스럽고 다정하게 지낸다. 장애를 감추지도 않고, 부족함을 탓하지도 않는다. 장애를 이유로 놀리거나 편을 가르는 일도 없다. 그저 있는 그대로, 사실 그대로 서로를 받아들이며 지낸다.

어울림반 교실은 네 분이 함께 사용하고 있다. 어울림 2반 선생님, 사회복무요원, 활동 보조 선생님 그리고 배진실 선생님이다. 학교에 여유 교실이 없기 때문에 어쩔 수 없는 상황이다. 공간이 조금 좁고 사생활에 불편함도 생길 법한데, 모두가 원만하게 지낸다고 한다. 사실 배진실 선생님과 함께라면 원만하지 않을 사람이 있을까 싶다. 나는 과연 언제쯤 그런 사람이 될 수 있을까? 배진실 선생님을 뵈면 배우게 되는 게 많다. 이런 분과 같이 지낸다는 것은 내 생에 있어 최고의 행복이고 행운이다. 그것도 두 배로 말이다.

놀이가 될 수 없는 쫄병 놀이

✻

초등학교 현장에서 이른바 '쫄병 놀이'가 빈번하게 관찰된다. 그러나 한마디로 말해, 이 놀이는 결코 놀이가 아니다. 이는 놀이의 외형을 띠고 있을 뿐, 본질적으로는 폭력에 가깝다.

쫄병 놀이가 진정한 놀이가 되려면 대장과 쫄병의 역할이 원칙에 따라 공정하게 순환되어야 한다. 하지만 현실에서는 이러한 순환이 거의 이루어지지 않는다. 놀이 구성원 가운데 이미 힘이 강한 아이는 쫄병 역할을 맡아도 실질적으로는 쫄병이 되지 않으며, 대장 역할을 할 때는 과도한 권한을 행사한다. 반대로 힘이 약한 아이는 대장 역할을 제대로 수행하기 어렵고, 쫄병 역할을 맡게 되면 마치 당연하다는 듯 그 위치에 머물게 된다.

실제로 쫄병 놀이가 놀이로 기능하려면 대장과 쫄병의 역할이 규칙에 맞게 순환되고, 그에 따른 임무 수행 또한 공정해야 한다. 그러나 이러한 원칙이 지켜질 경우, 아이들

사이에서는 오히려 놀이의 재미가 급격히 떨어진다. 힘이 강한 아이는 계속해서 대장 역할을 맡고 싶어 하며, 힘이 강한 아이가 쫄병 역할을 수행하는 상황은 그 아이에게 받아들이기 어려운 놀이가 된다. 결국 재미를 잃은 놀이는 오래 지속되지 못하고 곧 깨지게 된다. 이로 인해 진정한 의미의 '역할 순환형 쫄병 놀이'는 거의 존재하지 않게 된다. 결국 쫄병 놀이가 유지되는 경우는 대장과 쫄병의 역할이 고착화될 때뿐이며, 이때 쫄병 역할을 맡은 아이는 학교 폭력 피해자의 심리 상태에 놓이게 된다.

쫄병 놀이를 하고 있는 아이들이 흔히 "장난이에요.", "그냥 놀이로 하는 거예요.", "역할이 또 바뀌어요."라고 말하더라도 이를 그대로 믿어서는 안 된다. 교사와 학부모는 주의 깊게 관찰하며 이것이 정말 놀이인지, 힘의 균형이 유지되고 있는지를 면밀히 살펴야 한다. 무엇보다 이 놀이가 시작되는 초기 단계에서 개입하여 오래 지속되지 않도록 지도하는 것이 중요하다. 쫄병 놀이의 끝이 좋은 경우는 거의 없기 때문이다.

쫄병 놀이가 장기간 지속되면서 대장과 쫄병의 역할이 고착화되면, 힘이 약한 아이는 스스로를 피해자로 인식하더라도 그 무리에서 쉽게 벗어나지 못한다. 쫄병 놀이를 그만둘 경우 친구를 잃게 될 것이라는 불안이 생기기 때문이다. 적어도 쫄병 역할을 하고 있기에 자신을 상대해 주는 친구가 있다고 느낀다. 또한 역할이 고정되면서, 거절하고 싶어도 받아들여지지 않는 경험이 반복되고, 자기 의견이 존중받지 못하는 '학습된 무기력'이 형성된다. 지시를 먼저 눈치껏 수행하거나 힘이 강한 또래에게 혼나지 않기 위해 불안 속에서 순응하는 태도가 지속된다.

뒤늦게 상황을 알게 된 피해 학생의 부모는 큰 충격을 받게 된다. 대장 역할을 한 아이를 가해자로 지목해 담임 교사를 통해 학교에 문제를 제기하고, 사안은 학교폭력대책심의위원회로 회부된다. 학교는 절차에 따라 학교 폭력 전담기구(학교 단위)의 심의를 거쳐 사안의 심각성, 지속성, 피해 수준 등을 평가한 뒤 학교장 자체 해결로 마무리하거나, 교육청에서 운영하는 학교폭력대책심의위원회에 정식 회부하게 된다.

그러나 많은 학부모가 교육청 차원의 심의까지는 원하지 않는 경우가 많다. 이로 인해 사안이 학교 단계에 장기간 머물며 담임 교사와 관리자를 압박하는 민원으로 남게 된다. 교육청 심의는 피하고 싶어 하면서도, 학교에는 지속적으로 전화를 걸어 가해 학생에 대한 조치를 요구한다.

반면 가해 학생 측 부모는 피해 학생 부모가 과도하고 비상식적이라고 불만을 토로한다. 문제는 해결되지 않은 채 양측 학부모의 힘겨루기만 이어지고, 그 과정에서 학교는 큰 어려움을 겪는다. 결국 교육력이 소모되고, 그 피해는 모든 학생에게 돌아간다.

이러한 상황에서는 학부모가 선택을 미루지 말아야 한다. 모든 절차를 학교에 맡기고 교육적으로 해결될 수 있도록 믿고 기다리거나, 학교를 신뢰하기 어렵고 학부모 간 대화가 불가능하다고 판단되면 법적 절차를 통해 처리하는 방법도 있다. 다만 학교의 입장에서는 학생의 문제를 어디까지나 교육적으로 해결하고자 하며, 학부모의 과도한 개입은 최소화되기를 바란다. 아이들은 비교적 빠르게 화해하고 다시 함께 어울릴 수 있다. 그 과정에서 부모가 감정과 자존심을 앞세워 힘겨루기를 벌이게 되면, 문제는 더욱 복잡해질 뿐이다.

아이들은 어른의 생각보다 회복 탄력성이 좋아 빠르게 화해하고 다시 어울릴 수 있다. 그 화해의 문턱에서 부모가 자신의 감정과 자존심을 앞세워 힘겨루기를 벌이게 되면, 아이들이 스스로 갈등을 해결하며 성장할 기회는 영영 사라지고 만다. 학교는 학생을 가르치는 곳이고, 부모는 아이의 거울이다. 이제는 힘겨루기가 아닌, 아이의 건강한 사회성을 위해 학교와 가정이 같은 방향을 바라보며 손을 맞잡아야 할 때다. 이것만이 자녀를 사랑하는 최선의 길이다.

진정한 친구의 의미를 고민하며

＊

엊그제 성민이에게서 전화가 왔다. 지난여름, 성민이와 그렇게 헤어진 뒤 다시는 만나지 않겠노라 굳게 결심했었다. 전화기 너머로 놀러 오라는 말에 일단 "시간을 내 보겠다"고 답은 했지만, 마음 한구석의 결심은 여전히 단단했다. 성민이가 나의 진심을 몰라준 채 자신의 욕심을 채우는 데에만 나를 이용했다는 서운함이 컸기 때문이다.

성민이는 세린초등학교에 다니다 5학년 말에 아버지의 직장 발령으로 수원 광교신도시에 있는 학교로 전학을 갔다. 우리는 아주 가까운 사이였기에 나는 전학 간 친구의 생활이 궁금해 경기도청 근처 성민이네 집으로 자주 놀러 가곤 했다. 하지만 6학년이 되어 방문했을 때부터 무언가 어긋나기 시작했다.

성민이는 나를 만날 때마다 같은 반 친구이자 전교 회장인 윤호를 꼭 불러냈다. 알고 보니 두 사람은 이미 수시로 연락하는 사이였다. 나는 성민이와 예전 학교 이야기나 공부 고민을 나누고 싶어 찾아간 것이었지만, 성민이의 속셈은 따로 있었다. 전학생인 성민이는 전교 회장과 친해져 외톨이 신세를 빨리 벗어나려 했고, 윤호는 성민이네 집의 고성능 컴퓨터와 '분당에서 온 의사 아들'이라는 성민이의 배경을 은근히 과시하며 서로의 필요를 채우고 있었다. 나는 그저 그들의 '공생 관계'를 위한 들러리에 불과했다.

결국 사건은 어느 토요일에 터지고 말았다. 그날도 성민이는 윤호를 불러 집에서 게임을 하더니, 급기야 근처 PC방으로 자리를 옮겼다. 게임에 서툰 나는 간식이라도 얻어먹으려는 심산으로 마지못해 따라갔지만, 그곳에서 일상은 완전히 틀어졌다. 밤 9시가 다 되도록 게임에 빠진 그들 곁에서 나는 대학생 형과의 영어 과외 수업마저 놓치고 말았다. 그때 윤호 어머니가 PC방으로 들이닥치셨다. 윤호 역시 시골에서 올라오신 할머니와의 저녁 약속을 어긴 상태였다. 원망 섞인 윤호 어머니의 눈초리를 받으며 나는 가시방석에 앉은 듯 괴로웠다.

이후 성민이는 전학생이 반 분위기를 흐려 놓았다는 소문이 나면서 친구들에게 따돌림을 당하게 되었다. 그렇게 한동안 연락이 없던 성민이가 몇 달 만에 전화를 걸어온 것이다. 처음에는 너무 지치고 화가 나서 단호히 거절하려

했다. 그런데 문득 '좋은 친구를 사귀고 싶다면 먼저 좋은 친구가 되어야 한다'는 말이 떠올랐다. 지금이 바로 그 가르침을 실천할 때가 아닌가 하는 생각이 머릿속을 맴돌았다.

전화를 끊고 나니 마음이 더 복잡해졌다. '어려울 때 도와주는 친구가 진짜 친구'라는 말도 자꾸 생각났다. 비록 직접적인 사과는 없었지만, 성민이의 목소리에는 깊은 반성의 기색이 서려 있었다. 어쩌면 지금 성민이에게 정말 필요한 것은 자신의 잘못을 일깨워 주고 곁을 지켜 줄 진정한 친구가 아닐까 싶다. 고민 끝에 결심했다. 일단 내일은 내가 먼저 성민이에게 전화를 걸어 봐야겠다.

현지야,
정말 미안해!

＊

　오늘도 나는 쉬는 시간마다 핸드폰을 켜서 카톡을 확인했다. 어제 오전에 보낸 메시지에 현지는 읽기만 하고 답을 하지 않았다. '혹시 아직도 나한테 화난 걸까?' 싶은 생각이 자꾸 들었다. 벌써 그 일이 몇 달이나 지났는데도 현지가 마음을 완전히 풀지 않은 것 같았다. 사실 그럴 만도 했다. 내가 먼저 안부도 제대로 못 전했고, 괜히 오케스트라 연주회 팸플릿을 보냈던 것도 지금 생각하면 그냥 내 자랑처럼 보였을 것이다.

　나는 학교 오케스트라에서 바이올린을 맡고 있다. 작년 12월에 합격해서 정말 기뻤다. 그런데 올 3월에 현지가 추가 단원으로 신청해서 합격했다는 소식을 들었을 때는 더 신났다. 같은 동네 친구랑 같은 오케스트라에서 연주할 수 있다니! 그런데 문제는 우리 5학년 바이올린 단원 네 명이 겨울 방학부터 이미 학원에서 주 1회 그룹 레슨을 받고 있었다는 것이었다. 현지도 그 레슨에 들어오고 싶어

했는데, 우리 엄마 허락은 받았지만 수민이의 엄마가 반대했다. 이미 진도가 많이 나갔고, 사람이 더 늘면 한 명씩 배우는 시간이 줄어든다는 이유였다.

결국 현지는 오케스트라 활동을 포기했다. 그리고 얼마 지나지 않아 다른 학교로 전학까지 가게 됐다. 전학 가던 날, 나는 현지에게 정말 미안하다고 말했었다. 현지는 밝은 표정으로 "괜찮아~"라고 했지만, 지금 생각하면 마음속 깊은 곳까지 괜찮았던 건 아닌 것 같다.

오케스트라 연주회가 이제 사흘밖에 남지 않았다. 집중해야 하는데 마음이 자꾸 흔들렸다. '그때 엄마를 더 설득했으면 어땠을까?', '우리가 너무 우리만 생각했던 건 아닐까?' 하는 생각이 꼬리에 꼬리를 물었다.

오늘은 바이올린 파트 마지막 연습날이었다. 정말 파김치가 되어 집에 도착했다. 내일은 전체 리허설이라 시간이 더 길다. 씻고 누우려다 내일 일정을 확인하려고 핸드폰을 켰는데, 그 순간 화면에 현지 이름이 딱! 떠 있었다. 너무 놀라서 심장이 쿵 내려앉는 느낌이었다.

현지의 카톡 답장에 눈물이 핑 돌았다. 무슨 내용인지보다, 현지가 다시 나에게 메시지를 보냈다는 사실이 눈물 나게 고마웠다.

"세영아, 답장 늦어서 미안해. 그리고 연주회 축하해. 너는 뭐든 잘해 낼 거야. 가끔 연락하자. 안녕!"

마지막 문장 '가끔 연락하자.' 이 말이 가슴을 울렸다. 나도 모르게 눈물이 주르륵 흘렀다. 지금 당장 달려가서 현지를 꼭 끌어안고 말하고 싶었다. 그때 정말 미안했다고, 그리고 내가 많이 후회하고 있다고. 하지만 밤이 너무 늦었다. 그래서 조용히 답장을 썼다.

"현지야, 정말 고마워. 답장 오래 기다렸어. 너 생각하면서 연주회 열심히 할게."

사실 마지막에 '연주회 때 와서 웃어 줬으면 좋겠다'고 쓰고 싶었지만, 그건 내 욕심 같아서 지웠다.
대신 현지 말처럼 메시지를 마무리했다.

"가끔 연락하자."

보내기 버튼을 누르자마자, 가슴이 조금은 따뜻해졌다. 하지만 잠은 쉽사리 오지 않았다. 오늘 밤은 현지 얼굴이 자꾸 떠올랐다.

차양막이 무너진
작년 11월 28일

*

작년 11월 28일이 생각난다. 오늘이 딱 1주년 되는 11월 28일이다. 정말 끔찍했다. 전날 27일에도 눈이 상당히 내렸었다. 그래도 이날은 오후에 눈이 많이 내렸으므로 교직원의 출근이나 학생의 등교에는 아무런 지장이 없었다.

이미 방송에서는 28일 새벽에 눈이 많이 내릴 것이라는 예보가 있었다. 늘 그렇듯이 오전 7시 전에 출근길을 나섰다. 눈이 정말 많이 쌓였다. 나뭇가지가 여기저기 많이 휘어졌다. 사람들 발자국이 거의 없었다. 그래도 눈이 적은 곳을 찾아서 깡충깡충 고라니 점프하듯이 뛰어 학교까지 도착할 즈음, 이미 급식 차 한 대가 그 경사도 얼마 안되는 교문 앞길을 통과하지 못하고 있었다. 숙직 기사는 눈을 치우느라 많은 애를 쓰고 있었다. 나도 곧바로 같이 합류했다. 눈이 많이 쌓인 데다가 물에 젖어서 잘 밀리지 않았다. 흔히 말하는 '습설'이었다. 그 얼마 되지 않는 범위가 줄어들지 않았다. 급식 식품 차 기사님들은 결국 카트를 이용하여 식품을 옮겼다.

아직 눈을 다 치우지 못했는데 날은 밝아 오고 있었다. 그때 교감 선생님으로부터 전화가 왔다. 폭설 때문에 교통이 막혀서 교직원의 출근과 학생의 등교가 어려우니 학생의 등교 시각을 조절해야 하지 않느냐는 것이었다. 정신이 번쩍 들었다. 교문 경사로 눈만 치우면 되는 줄 알았는데, 사람 생각은 하지 못했다. 눈 치우는 게 문제가 아니고 빨리 교장실에 들어가서 컨트롤 타워 역할을 해야 했다.

그런데 이건 또 뭔가! 운동장 차양막이 폭삭 주저앉아 있었다. 눈 치우는 데 정신이 팔려서 바로 옆에 있는 차양막을 보지 못했다. 다행이라면 아이들이 없는 시각에 주저앉았다는 점과 처음과 끝이 고르게 주저앉았다는 것이다. 차양막을 만들 때 디자인만 생각하여 견고성이 무시되었다. 즉, 지지대를 뒤쪽에만 하고 앞쪽에는 하지 않아서 지지력이 부족하여 무거운 습설을 버티지 못한 것이다.

아무튼 교장실로 올라와서 상황을 판단해야 했다. 휴업이나 단축 수업을 결정하면 보충 수업 실시 계획은 물론이고 방과 후 학교 프로그램 조정 등의 일로 너무 복잡해진다. 교사는 대부분이 가까운 곳에 살고 있어서 몇 분 말고는 거의 출근에 지장이 없다. 따라서 1교시 시작 시각만 9

시 30분으로 늦추고 6교시까지 정상 수업을 진행하기로 했다. 다만, 급식 식품 차가 늦게 오거나 아예 오지 못한 차가 있어서 급식 준비가 시간이 걸리므로 5교시 수업을 마치고 점심 급식을 먹기로 하였다.

그렇게 정신없는 긴박한 상황을 헤쳐 나갔다. 차양막 공사는 해체 후에 재활용하는 것으로 결정되었다. 덮개 부분은 잘라서 떼어 내고 기둥은 앞쪽에 다시 만들었다. 다시 덮개를 올려서 붙였다. 딱 3주 걸려서 공사가 끝났다. 그렇게 차양막은 감쪽같이 새로 태어났다.

오늘은 그 11월 28일이다. 내가 잊을 수가 없는 날이다. 눈 치우느라 고생하고, 차양막이 주저앉아서 놀라고, 수업 시정 조정하느라 긴박했고, 차양막 복구 공사로 마음 졸였었다. 1주년을 기념하는 뜻으로 음료수 하나 들고 1층 숙직실로 숙직 기사를 찾아갔다. 숙직 기사는 1년 전 일을 까맣게 잊고 있었다. 각자 책임과 관심의 무게가 달랐다.

작년보다
12배 많은 독감 환자

*

 올해 독감 환자 수가 작년의 12배라고 한다. 물론 이 수치는 독감이 의심되어 병원을 찾은 환자와 증상자를 기준으로 한 제한적인 통계이므로, 우리나라 전체 독감 감염자가 12배 증가했다고 단정하기는 어렵다. 그럼에도 여러 통계에서 올해 독감 환자 수가 이례적으로 크게 증가한 것은 분명한 사실이다.

 우리 학교에서도 이미 10월 말부터 독감 환자가 급증하고 있다. 11월 한 달간 독감에 감염된 학생 수가 70명을 넘겼다. 공식 통계에 잡히지 않은 경우까지 포함하면 실제 감염자는 더 많을 것이다. 이미 여러 선생님들도 독감으로 병가를 내고 있다. 나 또한 지난주부터 독감으로 보이는 증상으로 앓고 있다. 다만 예방 주사를 맞은 덕인지, 증상이 비교적 약한 편이라 병원에는 가지 않고 버티고 있는 중이다.

 독감의 가장 뚜렷한 증상은 기력이 급격히 약해지는 것

이다. 몸에 힘이 빠지고 쉽게 피로해진다. 여기에 근육통, 몸이 춥고 떨리는 오한, 고열, 두통, 식은땀, 목의 따가움이나 이물감 등이 함께 나타난다. 현재 나는 오한과 두통 같은 전신 증상은 많이 완화됐으나, 기침·재채기·콧물 같은 호흡기 증상은 오히려 심해지고 있다.

나는 올해 들어 건강을 과신했던 것 같다. 마라톤을 한다며 반바지를 입고 추위를 가볍게 여겼고, 매주 마라톤을 하느라 일종의 과로가 누적된 셈이다. 교장실 아침 기온이 쌀쌀함에도 온풍기를 켜야 한다는 사실을 잊고 그냥 옷만 더 껴입고 버티기도 했다. 결국 나의 면역력이 더는 감당하지 못해 감염되고 만 것이다. 이제는 병원에 가지 않고 버티기보다는 오늘 오후에라도 시간을 내어 이비인후과를 다녀와야겠다.

'아픈 만큼 더 성장한다'라는 말이 있다. 그러나 이 말은 어디까지나 젊은이에게 해당하는 말이다. 나이가 많으면 아픈 만큼 퇴화할 뿐이다. 이제는 조심조심 하루하루를 살아가야 한다. 너무 바쁘게 생활하다 보면 스스로 돌보는 일을 잊게 된다. 욕심을 부리다 보면 결국 탈이 나는 법이다.

학교에 눈이 쌓이면

*

어제저녁부터 밤새 내린 눈은 퇴근길 차량 행렬의 발을 더디게 만들더니, 오늘 아침까지도 그 여파가 이어졌습니다. 아침 일찍 나선 출근길 인도에 발자국이 여럿 찍혀 있는 것을 보니, 다행히 새벽에는 눈이 많이 오지 않은 모양입니다. 첫눈치고는 꽤 많은 양이었지요. 절기상 '대설'이 모레라더니, 하늘도 24절기를 잊지 않고 기억하고 있나 봅니다.

학교에 쌓였을 눈 걱정에 바삐 발걸음을 재촉했습니다. 정문 입구에 도착하니 이미 눈은 말끔히 치워져 있었고, 곳곳에 염화 칼슘이 뿌려져 있었습니다. 부지런한 숙직 기사님의 솜씨임이 틀림없었지요. 중앙현관에 다다르자 마침 기사님이 밖으로 나오셨습니다. 학생들의 등굣길은 다 치웠으니 이제 거의 끝났노라며 웃어 보이시더군요. 그 사이 학교 급식 차량도 정문 경사로를 미끄러짐 없이 무사히 들어왔습니다.

쪽문 진입로 쪽을 보니 넉가래로 눈을 밀어낸 길이 조금 좁아 보였습니다. 학생들이 편히 다니려면 길을 조금 더 넓혀야겠다 싶어 제가 직접 넉가래를 들었습니다. 제가 눈을 밀기 시작하니 숙직 기사님도 차마 들어가지 못하고 옆에서 거드셨지요. 사실 눈 치우는 일은 상당한 중노동이라 자칫하면 몸살이 나기 십상입니다. 기사님께 너무 오래 하지는 말자고 말씀드렸습니다. 눈을 깨끗이 치우는 것도 좋지만, 몸을 상하면서까지 할 일은 아니니까요. 쪽문 진입로를 20분쯤 정비한 뒤, 넓은 주차장에 쌓인 눈은 애써 모른 척하며 얼른 안으로 들어왔습니다.

얼마 지나지 않아 넉가래 끄는 소리가 교장실 창문을 넘어 들려왔습니다. 행정실장과 시설 주무관이 다른 쪽 진입로의 눈을 치우고 있었습니다. 가만히 있을 수 없어 다시 넉가래를 들고 나갔습니다. 행정실장은 자꾸만 저에게 들어가시라고 만류했지만, 운동장 쪽 경사로까지 마저 치우고 나서야 마음이 놓였습니다. 그러자 이번에는 체육관 쪽에서 또 소리가 들려왔습니다. 가 보니 체육 선생님이 눈을 치우고 계시더군요. 결국 또 20분간 힘을 보태고 나서야 다시 교장실로 돌아왔습니다.

이제 더 이상 넉가래 소리는 들리지 않습니다. 하지만

그 뒤로도 행정실장과 교감 선생님이 주차장에 길을 내고 염화 칼슘을 뿌렸다는 소식을 들었습니다. 다행히 이번에는 적당히 내려서 선생님들이나 공무직분들의 손까지는 빌리지 않았습니다. '내 집 앞 눈은 내가 치워야 한다'는 마음으로 모두가 솔선수범한 아침이었습니다. 부디 방학하는 그날까지, 학교에 너무 많은 눈이 쌓이지 않기를 간절히 빌어 봅니다.

현재 초등학교의 생생한 생활 모습

교장 선생님의
넥타이와 실내화

세린초등학교 어린이 신문 특별 인터뷰, 초등학생 기자 은정이가 간다!

기자 은정: 안녕하세요, 교장 선생님! 오늘은 친구들이 정말 궁금해하는 두 가지를 여쭤보려고 왔어요. 바로 넥타이와 실내화예요!

교장 선생님: 좋아요. 대답하기 아주 쉬울 것 같아요.

기자 은정: 교장 선생님은 넥타이를 얼마나 자주 하세요?

교장 선생님: 계절에 따라 다르지요. 아무래도 여름에는 거의 하지 않고, 겨울에는 가끔 하고, 봄과 가을에는 넥타이를 많이 매지요.

기자 은정: 넥타이 매는 과정이 번거롭지는 않으세요?

교장 선생님: 걱정하지 말아요. 그래서 중고등학생처럼 지퍼 달린 넥타이를 매고 있어요. 얼마나 편한지 몰라요.

기자 은정: 교장 선생님, 나비넥타이는 안 하세요?

교장 선생님: 정말 좋은 질문이에요. 예전에 교감 시절에는 가끔 나비넥타이를 했어요. 멋지고, 편하고, 특이해 보여서 참 좋아요. 그런데 이 특이해 보이는 게 문제에요. 가끔 쑥스러울 때가 있거든요. 그래서 교장이 되고서는 나비넥타이를 안 했는데, 언제 한번 해 봐야겠어요. 다시 특이하게 보이게요.

기자 은정: 아, 그날이 기다려지는데요! 두 번째 질문이에요. 교장 선생님은 실내화가 좀 특이해 보여요. 슬리퍼가 아니고 여름 샌들 같아요.

교장 선생님: 맞아요. 저는 슬리퍼를 신지 않아요. 슬리퍼는 앞이 터져 있어 위험하고, 여러 사람 앞에 설 때는 예의에 맞지도 않아요. 그래서 구두와 비슷한 모양의 여름용 샌들을 실내화로 신는데, 여름에는 발이 좀 더워서 구멍이 더 많고 가죽이 더 얇은 실내화를 신어요. 그래서 실내화가 두 개예요.

기자 은정: 그런데 실내화가 많이 낡았네요?

교장 선생님: 맞아요. 이 실내화는 2021년 3월에 샀으니, 이제 5년 다 돼 가요. 이제 조금만 더 견디면, 이 실내화는 자기 임무를 다 마치게 돼요. 마치 달리기 대회에서 결승선을 통과한 후에 쓰러지는 선수처럼요.

기자 은정: 와! 실내화를 5년이나 신으세요? 정말 알뜰하시네요.

교장 선생님: 두 개로 5년 동안 신었으니, 한 켤레로 따지면 2년 반 신었다고 할 수 있어요. 그렇게 따지면 별로 오래 신은 것은 아니죠.

기자 은정: 아껴 신고, 깔끔하게 신고, 오래 신는 것은 우리가 배워야겠어요.

교장 선생님: 그렇게 봐 줘서 고마워요.

기자 은정: 그럼, 교장 선생님, 인터뷰 감사합니다.

교장 선생님: 네, 은정 기자님도 수고 많았어요.

교장 선생님의 신발 사이즈

세린초등학교 어린이 신문 특별 인터뷰, 초등학생 기자 은정이가 간다!

기자 은정: 안녕하세요, 교장 선생님! 오늘은 친구들이 정말 궁금해하는 교장 선생님의 신발 사이즈에 대하여 여쭤보러 왔어요.

교장 선생님: 신발 사이즈가 왜 궁금할까요? 신발이라도 한 켤레 사 주려고 그러나요? 아, 아, 농담이에요. 학생이나 학부모로부터 선물을 받으면 김영란법이라고 말하는 청탁금지법에 위반되어 큰 벌을 받게 되니, 절대로 선물을 줘도, 받아도 안 돼요.

기자 은정: 저도 그 정도는 알아요.

교장 선생님: 저는 발이 작아서 신발 사이즈도 작아요.

그래서 좀 창피하긴 한데요. 어쨌든 사이즈는 255예요. 정말 작지요. 그렇지만 실제로 제 신발의 대부분은 260이에요. 일부러 5mm 큰 것을 구해 신어요.

기자 은정: 정사이즈가 아닌 5mm 큰 사이즈를 신는 것은 좀 특이하네요. 왜 그러시나요?

교장 선생님: 두 가지 이유가 있어요. 첫째는 딱 맞는 정사이즈를 신으면, 신발 안에서 발가락이 여유가 없이 딱 붙어서 무좀에 걸리기 쉬워요. 그래서 신발 안에서 통풍이 잘되게 하려고 큰 사이즈를 신고 있어요.

기자 은정: 아, 이것은 생활의 지혜라고 할 수 있네요.

교장 선생님: 그렇지만, 무좀에 걸릴 염려가 없으면 굳이 큰 사이즈를 신을 필요가 없어요.

기자 은정: 그럼, 또 한 가지 이유는 뭔가요?

교장 선생님: 그것은 자존심 때문이에요. 신발 사이즈가

너무 작으면 초라해 보여요. 제가 살펴보니 바로 그 5mm가 경계 같아요. 260mm는 작게 보이지 않는데, 255mm는 작아 보여요. 꼭 아이 신발 같아요. 그래서 260을 고집해요.

기자 은정: 5mm가 크면 불편하진 않나요?

교장 선생님: 사실, 빠르게 걷는다거나 달리기를 할 때는 정말 불편해요. 하지만 천천히 걸을 때는 별로 상관없어요.

기자 은정: 그럼, 255mm 신발도 있나요?

교장 선생님: 아니, 없어요. 제가 달리기 선수도 아니어서 굳이 달리기를 대비할 필요는 없어요. 등산을 가거나 트레킹을 갈 때는 신발 끈을 꽉 조여 매는 것으로 대신하고 있어요. 그렇게 하는 것만으로 충분해요.

기자 은정: 사실은 저도 5mm 큰 사이즈를 신고 있어요.

교장 선생님: 그 이유를 알 것 같아요. 한참 발이 클 때

는 대체로 좀 큰 신발을 신게 돼요.

기자 은정: 역시 교장 선생님은 못 속이겠네요.

교장 선생님: 그렇지만 한 가지 조심해야 할 것은 있어요. 필요 이상으로 큰 신발을 신는 것은 발 건강에는 좋지 않아요. 안전 차원에서도 바람직한 것은 아니기에 넘어진다거나 미끄러질 염려가 있다는 것을 꼭 명심하고 조심해야 해요.

기자 은정: 잘 알겠습니다. 교장 선생님, 오늘 인터뷰 감사합니다.

전교 학생자치회 임원 선거

세린초등학교에서는 오는 12월 12일에 전교 학생자치회 임원 선거를 실시한다. 다음 학년도 임원을 미리 뽑는 것이다. 논리적으로는 새 학년도가 시작된 후에 선출하는 것이 맞지만, 선거운동으로 인해 새 학년도 초반의 면학 분위기가 흐트러질 우려가 있어 이를 방지하고자 미리 선거를 실시한다.

이번 선거에서는 회장 1명과 부회장 2명을 선출한다. 부회장은 현재 5학년에서 1명, 현재 4학년에서 1명을 뽑는다. 출마 현황을 보면 회장 후보는 3명, 5학년 부회장 후보는 1명, 4학년 부회장 후보는 무려 9명이 등록을 마쳤다. 5학년 부회장은 사실상 무투표 당선이나 마찬가지다. 현재는 선거운동 기간으로, 1층 중앙현관과 4층과 5층 게시판에 후보자들의 벽보가 게시되어 있다.

아이들은 등교하면서 곳곳에 붙어 있는 벽보에서 각 후보자의 공약을 꼼꼼히 살펴보는 모습이었다. 후보자와 선거 운동원이 몰려다니며 공개적으로 선거 운동 하는 행위는 점심시간으로 제한되어 있고, 쉬는 시간마다 소란을 일으키는 선거운동은 금지되어 있다. 이 밖에 선거운동이 구체적으로 어떻게 진행되는지는 알기 어렵지만, 아직 선거일까지 4일이 남아서인지 현재까지는 비교적 조용하게 선거운동이 치러지고 있다.

후보자들이 벽보에 내건 주요 공약은 다음과 같다.

- 맛있던 급식 한 번 더! '희망 급식 데이'

- 자유 게시판을 통한 즐거운 소통

- 학교 대표 캐릭터 만들기

- 학교 폭력 없는 평화로운 학교 만들기

- 등굣길 게임 챌린지 배지 지급

- 건의 사항을 조사하는 '소리나무' 운영

- 버스킹 행사 횟수 확대 건의

- '해피 플로깅 데이' 운영

- 향기로운 화장실 만들기 캠페인

- 학생 건강을 위한 운동 용품 대여소 설치

- 학생 우편함 운영

- 위클래스 사용성 확대

다행히 비현실적이거나 허황된 공약은 없었다. 학생의 눈높이에서 충분히 실천 가능한 내용들이다. 특히 학생들은 학교 급식에 대한 관심이 높았고, 주말 동안 학교 운동장과 필로티 주변에 쌓인 쓰레기를 줍는 플로깅 공약도 여러 후보에게서 등장했다. 이와 함께 학교 폭력 예방, 소통 확대, 안전 강화 등의 공약이 꾸준히 제시되고 있었다.

선거 당일인 12일에는 1교시에 방송을 통해 각 후보의 정견 발표를 시청한 뒤, 2교시부터는 별도로 마련된 투표소에서 종이 투표 용지를 받아 투표를 진행한다. 전자 투표를 도입하자는 의견도 있지만, 현재 우리나라의 공식 선거 방식이 종이 투표라는 점을 고려하면 종이 투표가 더 현실적이다. 무엇보다 전자 투표는 부정 선거 논란에서 완전히 자유롭기 어렵다는 점도 고려해야 한다.

등굣길의 작은 무대, 세린 버스킹

✻

세린초등학교에서는 학생들의 등교 시간에 맞춰 오전 8시 40분경, 활기찬 '등굣길 버스킹'이 열립니다. 춤이나 노래, 악기 연주에 소질이 있는 학생들이 예선을 거쳐 선발되면, 지정된 날짜에 조회대를 무대 삼아 그동안 갈고닦은 솜씨를 뽐내곤 합니다. 해마다 지원자가 어찌나 많은지, 예선전 열기가 대단합니다. 무대에 서는 학생들의 실력 또한 수준급이라 등교하던 학생들도 절로 발걸음을 멈추고 공연에 빠져들곤 합니다.

아주 작은 경험처럼 보일지 몰라도, 전교생 앞에 서는 버스킹 무대는 대단한 용기가 필요한 일입니다. 물론 용기만으로 되는 것은 아닙니다. 관객인 친구들의 수준이 꽤 높아서, 겉으로 표현은 안 해도 실력에 대한 평가만큼은 냉정하기 마련이거든요. 그러니 무대에 서기 위해서는 상당한 연습과 실력이 뒷받침되어야 합니다.

혹시 실력은 충분한데 용기가 부족해 망설이는 학생이

있다면 내년에는 꼭 주저하지 말고 도전해 보길 바랍니다. 용기가 나지 않는다면 실력을 더 쌓으면 됩니다. 충분히 연습해서 실수가 없을 만큼 실력이 무르익으면, 자신감은 자연스럽게 따라오기 마련이니까요. 그렇다고 해서 완벽해질 때까지 출연을 미룰 필요는 없습니다. 초등학생이 무대에서 실수하는 것은 너무나 당연한 일이며, 그 실수를 밑거름 삼아 성장하는 것이니까요. 그러니 너무 고민하지 말고 신청해 보기를 권합니다.

무대에 올라갔을 때도 마찬가지입니다. 자신감을 갖고 당당하게 노래하고 춤추며 연주해 보세요. 무엇보다 중요한 것은 '할 수 있다'는 마음가짐입니다. 목소리를 크게 내고 동작을 자신 있게 하다 보면 어느덧 긴장은 사라지고, 자신감이 붙을 것입니다. 부끄러워하거나 의기소침해져서 목소리를 작게 내면 마음은 더욱 위축되기 마련입니다.

원래는 매년 학기 초에 선발된 학생들을 대상으로 1년 계획을 세워 운영해 왔습니다. 하지만 내년부터는 학부모회의 소중한 의견을 반영하여, 2학기 공연을 위한 예선을 학기 중에 한 번 더 가질 예정입니다. 학기 중에 실력을 더 키운 학생들에게도 기회를 더 주어야 한다는 학부모님들의 제안이 매우 현실적이고 타당하다고 판단했기 때문입니다. 세린초등학교에서의 이 소중한 버스킹 경험이, 훗날 우리 아이들이 더 큰 문화를 만들어 가는 멋진 밑거름이 되기를 진심으로 바랍니다. 분명 그렇게 될 것이라 믿습니다.

별빛 독서 축제, 꽁꽁꽁 캠핑

✳

장맛비가 세차게 쏟아지네요. 본격적인 장마가 시작된 것 같습니다. 오늘은 '아빠와 함께하는 별빛 독서 축제'가 열리는 날인데, 비가 와서 별은 볼 수 없겠네요. 물론 처음부터 별을 관찰할 계획은 없었지만, 날씨가 좋았다면 더 좋았을 텐데 말입니다. 하지만 하늘의 일을 어찌할 수는 없지요. 그나마 이렇게 우리가 함께 모일 수 있다는 것만으로도 감사한 일입니다.

오늘 이 자리에 함께한 아빠와 자녀는 총 64명입니다. 3학년 16명과 4학년 16명의 학생들이 아빠와 짝을 이루어 참여하고 있습니다. 일부 팀은 아빠 대신 삼촌이나 할아버지가 함께하고 있을 수도 있습니다. 오늘 이 자리에 모인 학생들은 아빠와 함께하고 있다는 것만으로도 기쁘고 행복한 날일 것입니다. 또한 바쁜 시간을 쪼개 자녀와 함께해 주신 아버지들께도 뜻깊고 보람 있는 시간이 되리라 믿습니다. 이 시간이 아빠와 자녀가 함께 만드는, 평생 기억에 남을 아름다운 추억이 되기를 바랍니다.

먼저 진행되는 수박 옮기기 협력 게임에서는 승패보다는 함께 어울림의 기쁨을 느낄 수 있었으면 좋겠습니다. 내 아빠, 내 자녀뿐 아니라 다른 팀과도 서로 협력하고 응원하며 즐거운 시간을 보내시길 바랍니다. 아빠가 읽어 주는 그림책『꽁꽁꽁 캠핑』시간에는 아빠의 다정한 목소리를 따라 자녀가 달콤한 상상의 세계에 빠져들 수 있기를 바랍니다. 생각이 피어나는 플립 차트 활동에서는 다섯 가지 질문에 대해 자유롭게 자신의 생각을 써 보면 됩니다. 정답을 맞히는 것이 아니라 생각을 나누는 시간이므로 부담 없이 참여해 주세요. 캠핑카 무드등 만들기 시간에는 아빠와 자녀가 함께 손을 맞잡고 멋진 작품을 만들어 보세요. 활동 마지막에는 나뭇잎에 오늘의 소감을 적어 함께 발표하면서 오늘의 모든 활동을 마무리하게 됩니다.

활동 중간에는 약 20분간 소보로빵과 과일 음료를 즐길 수 있는 간식 시간도 마련되어 있습니다. 오늘의 프로그램은 약 두 시간 반 동안 이어지는데요, 너무 무리하지도 말고, 그렇다고 멍하니 거리 두지도 마시고, 편안하고 여유롭게 활동에 참여해 주시기 바랍니다.

끝으로, 오늘 행사를 준비하고 이끌어 주신 담당 부장

선생님, 사서 선생님, 프로그램을 진행해 주시는 초청 강사님 그리고 방송과 사진 촬영을 맡아 주신 실무사 선생님께도 깊은 감사의 인사를 전합니다. 감사합니다.

세린초등학교 체육 시간

✱

세린초등학교 체육 시간은 참 재미있어 보인다. 교장실에 앉아 있으면 운동장에서 체육 선생님의 카랑카랑한 목소리와 아이들의 힘찬 움직임 소리가 들려온다. 나도 궁금하여 창밖을 자주 내다본다. 나도 아이들과 같이 체육 수업을 받고 싶기도 하다. 뛰고, 달리고, 차고, 던지고, 받고, 치는 활동 모습을 보면 나도 잘할 수 있을 것 같다. 재미있을 것 같다.

운동장도 체육관도 아이들의 웃음과 행복으로 꽉 차 있다. 세린초등학교는 씩씩한 두 분의 남자 선생님께서 3~6학년의 체육 수업을 책임지신다. 두 분의 선생님은 친절하게 지도하시고, 아이들은 체육 선생님의 지도를 잘 따른다. 특히, 점심시간의 그 길지 않은 자투리 시간에도 체육관을 내주어 아이들이 마음 놓고 체육 활동을 할 수 있도록 배려하신다.

　대체로 아이들은 체육 수업을 좋아한다. 진짜로 체육이 좋아서, 움직이는 것이 좋아서, 놀이가 좋아서, 뛰는 것이 좋아서 체육 수업을 기다린다. 그런데 가끔은 단지 교실에서 해방되고 싶어서 일단 운동장으로 나왔지만, 실제로 뛰고 달리는 것을 싫어하는 아이도 있다. 그런데 세린초등학교 체육 시간은 그렇지 않은 것 같다. 모두가 뛰고, 달리고, 움직이고, 웃고, 즐거워한다.

　세린초등학교 체육관은 새로 지은 지 얼마 되지 않아서 모든 시설이 무척 좋다. 바닥도 완전 새것이다. 냉난방도 잘 된다. 어떤 때 체육관에 들어가면 한여름에도 춥다. 운

동장도 인조 잔디가 설치돼서 체육 수업 하기에 깔끔하다. 운동화나 체육복에 흙이 묻을 걱정이 없다. 이처럼 좋은 환경에서 훌륭한 선생님과 체육 수업을 받는 학생들이 부럽다. 또한 이렇게 마음 놓고 언제든지 누구에게든 세린초등학교를 자랑할 수 있어서 나도 참 기분 좋다.

가족과 함께하는 우주여행

✳

　현준이는 이번 12월 평일 밤에 판교 어린이천문대에서 진행하는 '가족과 함께하는 우주여행' 프로그램에 참여하기로 계획 중이다. 이번 일정은 학부모회 주관으로 진행하게 되는데, 현준이는 물론 현준이 아버지도 벌써부터 마음이 들떠 계신다. 지난 6월에도 학교에서 진행하는 별빛 독서 축제에 참여하여 아빠와 아들만의 추억을 만들었다.

　사실 현준이는 엊그제 '진안고원치유숲'에서 진행하는 온 가족이 참여하는 힐링 프로그램에 참여했을 때, 이른 새벽에 가족과 함께 육안으로만 잠깐 관찰했던 별자리가 못내 아쉬웠다. 그리고 작년에도 영월에 있는 별마로천문대에서 별자리 관측 계획을 세웠다가 궂은 날씨 때문에 발길을 돌려야 했던 아쉬운 기억이 마음 한구석에 자리 잡고 있었다. 따라서 이번 활동에 참여하여 그간의 아쉬움을 달랠 수 있을 거라고 크게 기대하고 있다.

　판교 어린이천문대는 성남시 수정구 달래내로에 위치하

고 있는데, 청계산 옛골 정류장 근처에 있으며, 1.7km 거리에 신구대학교식물원이 있다. 세린초등학교에서 대략 8.2km 거리에 위치하여 승용차를 이용한다면 20분 정도면 도착할 수 있다. 다행히 주변이 비교적 한적한 곳이어서 주차 걱정을 하지 않아도 된다고 한다.

이번 프로그램의 주요 활동으로는 천문학 강사로부터 천문 강의도 듣고, 별자리 스크린 여행과 별자리 관련 만들기 활동도 한다. 그렇지만 어른, 아이 할 것 없이 최고 기대를 모으는 활동은 망원경을 조작하여 실제로 천체를 관측하는 것인데, 이를 위해서는 무엇보다도 날씨가 좋아야 한다. 혹시라도 당일 날씨가 좋지 않을 때는 천체 강의와 실내 실습 중심으로 진행하고, 관측만 별도로 진행하는 보강 날짜를 다시 정하게 된다.

학부모회에서는 1회에 10가족씩 3회에 걸쳐 체험을 계획하고 있는데, 한 가족의 최대 인원은 4인으로 제한하고 있다. 또한 한 가족당 대략 7만 원으로 예상되는 체험비를 학부모회 예산에서 전액 지원한다고 한다. 평일 저녁 8시부터 10시까지 두 시간 동안 이어지는 활동이어서 자녀와 부모님 모두의 일정을 맞추는 노력이 중요할 것이다.

아이들이 직접 관찰하고 질문하며 배우는 활동은 천문

학, 우주과학, 항공우주 분야에 대한 상상력과 흥미를 자연스럽게 키울 수 있는 살아 있는 과학 수업이 될 것이 분명하다. 또한 일상에서 벗어나 가족과 함께 밤하늘을 바라보는 시간은 부모와 자녀 모두에게 오래 남을 추억이 될 것이며, 가족 간의 유대감을 한층 높여 줄 소중한 시간이 될 것이다.

두꺼비 선생님 2

현장 체험 학습을 어찌할 것인가?

✳

엊그제 전교 다모임 간담회에서 어린이회장이 건의한 내용이 머릿속에서 계속 맴돈다.

"수학여행 가게 해 주세요."

머뭇거리다가 조심스럽게 꺼낸 말이지만, 그 간절함이 얼마나 큰지 나는 잘 알고 있다.

하필 올해는 세린초등학교에서 어느 학년도 현장 체험 학습을 떠나지 못했다. 특히 6학년은 섭섭함이 컸다. 초등학교 마지막 해에 단 한 번의 체험학습도 가지 못했기 때문이다. 이를 달래 보려고 '찾아오는 체험 학습' 프로그램을 진행하고, 한여름에는 물총놀이 행사도 마련했지만, 아무래도 에버랜드에 가는 경험만큼 만족스러울 리는 없다.

예전에는 초등학교에서도 수학여행이 있었다. 짧게는 1박 2일, 길게는 2박 3일 일정으로 다녀오곤 했다. 그런데 수학여행이 점점 학교에 부담을 주기 시작한 것은, 여행을 다녀온 이후 학교 폭력 문제가 자주 발생하면서부터였다.

같은 방에서 생활하며 장난 삼아 하던 행동이 점차 커져 피해가 발생했고, 결국 학교 폭력 심의 안건으로 이어지는 사례가 많아졌다.

그러던 중 2014년 4월 16일, 세월호 사건이 발생했다. 이 사건 이후로 교사는 물론 학부모들까지 수학여행 추진에 대해 크게 걱정과 부담을 가지게 되었고, 그 결과, 초등학교의 수학여행은 대부분 사라졌다. 한번 없어진 수학여행을 다시 부활시키기란 쉽지 않은 일이 되어 버렸다.

그래도 많은 학교에서는 당일로 다녀오는 현장 체험 학습을 1년에 한두 번씩은 꾸준히 실시해 왔다. 그러나 최근에는 '노란 버스' 문제로 인해 학교가 결정을 내리기 어려워졌고, 현장 체험 학습 중 발생한 안전사고에 대해 인솔

교사가 책임을 져야 하는 현실은 교사들이 도무지 받아들일 수 없는 일이다.

이대로라면 내년에도 대부분의 학교에서 현장 체험 학습을 실시하기 어려울 것이다. 학생들의 아쉬움과 실망은 매우 클 것이고, 학교와 교사라고 해서 마음이 편한 것은 아니다. 학생들의 바람에 공감하지만, 그렇다고 교사가 모든 위험과 책임을 떠안을 수는 없다. 인솔 교사에게 안전사고의 법적 책임을 지우지 않는 구조가 마련되어야 한다. 학교의 현장 체험 학습은 그 지점에서부터 다시 시작될 수 있다.

학부모 대의원 총회

*

정말 오랜만이고 또한 반갑습니다. 지난 3월 19일에 학부모총회를 열었을 때, 잠시 교장실에서 인사드린 이후 석 달이 훌쩍 지나 다시 뵙게 되었습니다. 바쁘신 와중에도 오늘 이렇게 참석해 주셔서 진심으로 감사드립니다. 아마도 더 일찍 자리를 마련하려 했으나, 가정과 직장 일로 모두 바쁘시다 보니 일정이 미뤄지게 된 것이 아닌가 생각됩니다.

오늘 이 자리는 학부모회 회장님, 부회장님, 감사님, 각 학년 대표님, 학부모 폴리스 회장님과 부회장님, 녹색어머니회 회장님과 부회장님, 총무님 그리고 학급 대표님을 비롯한 여러 대의원님들께서 함께해 주신 자리로 알고 있습니다.

각자의 자리에서 학교 발전과 학생들의 성장을 위해 힘써 주시는 모든 대의원님께 깊이 감사드립니다. 특히, 바쁜 아침 시간에 학생들의 안전한 등굣길을 위해 애써 주시는 녹색어머니회 활동과 점심시간마다 학생들의 안전을 위하여 학교 구석구석을 살펴 주시는 학부모 폴리스 회원님들의 노고에 진심으로 경의를 표합니다. 제가 더 자주 현장을 찾아 인사드려야 함에도 늘 마음뿐이라 송구스럽기 짝이 없습니다.

학교의 교육 활동과 행사 계획을 세울 때는 프로그램을 운영하는 교사의 노고와 학생들에게 기대되는 교육적 효과를 함께 고려하고 있습니다. 교사의 부담은 크지 않지만 교육적 효과가 높은 활동이라면 계속 유지해야 할 것입니다. 반대로 교사의 부담은 크고 교육적 효과가 낮다면, 그런 활동은 과감히 중단해야 합니다. 이처럼 간단한 원칙처럼 보이지만, 현실은 그렇게 간단치만은 않습니다. 많은 경우, 교사의 노력에 비례하여 교육적 효과도 높기 마련입니다. 그런데 교육적 효과도 높고, 학생들의 흥미도 크며, 학부모의 요구도 높은데 정작 교사들이 부담을 느끼고 꺼리는 활동이 있다면 그 지점에서 충돌이 발생하게 됩니다. 결국 문제는 이 '충돌'에서 시작됩니다. 이럴 때야말로 솔로몬의 지혜가 필요한 순간입니다. 흔히 한 걸음씩 양보하자고 하지만, 그것이 말처럼 쉬운 일은 아니기에 늘 걱정이 됩니다.

어느 학교든 민원은 있기 마련이고 때때로 분쟁도 발생합니다. 다만 그 해결 방식과 민원의 강도는 학교마다 차이가 있습니다. 저는 민원이 발생할 때마다 가장 먼저 '규정에 맞는가?', '원칙은 무엇인가?'를 살펴봅니다. 규정에 부합하는 민원이라면 설령 학교에 부담이 되더라도 가능한 범위 내에서 수용하려고 노력합니다. 반대로, 규정에 어긋나는 민원이라면 수용하기가 어렵습니다.

이제 1학기도 한 달가량밖에 남지 않았습니다. 학부모님들의 따뜻한 응원과 협조 덕분에 학교의 모든 활동이 당초 계획대로 차질 없이 잘 진행되고 있습니다. 오늘 이 모임이 학교와 학생들을 위한 건설적인 의견을 나누는 뜻깊은 시간이 되기를 바랍니다. 또한 학생들의 활동 모습을 간접적으로나마 느껴 보시고, 대의원님들 간의 우의를 더욱 돈독히 하며, 생활 속 지혜와 자녀 교육에 관한 유익한 정보도 함께 나누는 보람 있는 시간이 되시기를 바랍니다. 감사합니다.

세린초등학교의
풍성한 졸업식 준비

✳

세린초등학교에서는 해마다 졸업식 날 졸업생들이 가운을 입고 학사모를 쓴다. 이 의상은 학교에서 구입하여 준비한다. 1인당 세탁 비용이 대략 11,000원 정도 든다. 졸업생의 화려한 졸업식을 위하여 예산을 아끼지 않고 들인다. 또 졸업생들의 기념 촬영을 위하여 운동장 두 곳에 풍선 아트를 마련하고, 졸업식이 끝난 후에 각자 졸업생 가족들과 함께 자유롭게 기념사진을 촬영하도록 준비하고 있다. 이 비용도 대략 120만 원 정도 든다.

그런데 올해는 여기에 한 가지 이벤트를 더 하고 싶다고 6학년 선생님들이 의견을 모았다고 한다. '인생네컷'이라고 하는, 요즘 아이들 사이에 아주 인기 있는 이벤트라고 한다. 이 이벤트는 부스를 운영하는 전문가가 상주해서 사진 촬영을 돕기도 하고, 사진 인화까지 바로 해 준다고 한다. 이러한 이유로 밖에서는 할 수 없기에 졸업식 전날 체육관에서 진행하기로 했다. 아이들이 좋아하고, 선생님들이 의견을 모았다고 하니, 어찌 허락을 금할 수 있나! 이것 역시 예산이 100만 원 정도 든다고 한다.

사실, 나도 내 마음대로 할 수만 있다면 초청 가수를 부르고 싶은 마음이 예전부터 있어 왔다. 이왕 가수를 초청한다고 하면 그래도 TV에 몇 번씩 얼굴을 내민 인지도가 있는 가수여야 한다. 전국적인 지명도는 부족하더라도 가창력이 뛰어난 지역 가수도 많다는 말은 있다. 그것을 부정할 생각은 없지만, 아이들의 흥미를 끌 수 없다면 초대하기가 마땅하지 않기 때문이다. 그렇지만 그런 조건에 맞는 전국적인 가수를 초청하려면 최소한 500만 원은 들어야 한다고 하는데, 초등학교에서는 졸업식 행사를 목적으로 추진하기가 적당하지 않은 일임을 알기에 일찍부터 포기한 것이다. 그래서 내 마음대로 할 수 없는 일이 되었지만, 꿈만은 야무지다 말할 수 있지 않은가!

졸업식 학교장 격려사

✳

　격려사에 앞서 내빈을 소개하겠습니다. 본교 학부모회 회장 한민호 님께서 참석하셨습니다. 학교운영위원회 위원장 소정은 님께서 참석하셨습니다. 그리고 졸업생들의 초등학교 마지막 1년을 아주 알차고 값지게 마무리해 주신 6학년 담임 선생님들을 소개하겠습니다. 6학년 1반 조나단 부장 선생님, 2반 송가인 선생님, 3반 강하늘 선생님, 4반 정안수 선생님, 정말 수고 많으셨습니다.

　졸업생 여러분, 졸업을 진심으로 축하합니다. 지난 6년 동안 학교생활을 하느라 정말 수고 많았습니다. 이 자리에 함께하신 부모님들께서도 아이들을 키우고 응원하시느라 참으로 애쓰셨습니다.

　졸업생 여러분, 여러분은 이제 초등학교를 떠나 더 넓고 큰 세상으로 발걸음을 옮기게 되었습니다. 초등학교 6년 동안 쌓아 온 경험과 배움 그리고 깨달음은 앞으로 여러분의 삶에서 든든한 밑거름이 될 것입니다.

여러분, 사람은 살아가면서 끊임없이 관계를 맺고, 이어 가고, 때로는 끊기도 하며 살아갑니다. 관계가 많은 사람도 있고, 적은 사람도 있습니다. 좋은 관계도 있고, 어려운 관계도 있습니다. 친구가 많은 사람이 있는가 하면 적은 사람이 있고, 좋은 이웃이 있는가 하면 그렇지 않은 이웃도 있는 것과 같은 이치입니다.

그러나 누구나 공통으로 바라는 것이 하나 있습니다. 바로 다른 사람과 좋은 관계를 맺고 싶다는 마음입니다. 또 다른 사람에게 좋은 사람으로 보이고 싶어 하는 마음입니다. 만약 "나는 그런 것에 전혀 신경 쓰지 않는다."라고 말하는 사람이 있다면, 그것은 결코 바람직하다고 말하기 어렵습니다.

가수는 자신이 부른 노래를 많은 사람들이 즐겨 부르고 사랑해 주기를 바랍니다. 영화배우는 자신이 출연한 영화를 많은 관객이 보아 주기를 바랍니다. 작가는 자신이 쓴 글이 널리 읽히기를 바랍니다. 학교 선생님은 학생들이 자신의 가르침을 잘 따라 주기를 바랍니다. 회사는 자사 제품이 많이 팔리기를 바라며, 식당 주인은 손님들이 맛있게 먹고 다시 찾아오기를 바랍니다.

그래서 그들은 끊임없이 노력합니다. 다른 사람에게 더

친절하게 대하고, 말 한마디, 행동 하나에도 신중을 기합니다. 누군가 자신에게 상처 주는 말을 하더라도 즉각 반발하기보다는 참고 마음을 다스립니다. 불만을 말하는 사람이 있다면 이를 개선하고, 더 좋은 노래를 만들고, 더 좋은 영화를 만들고, 더 좋은 글을 쓰며, 더 맛있는 음식과 더 좋은 제품을 만들기 위해 최선을 다합니다.

졸업생 여러분, 그렇다면 여러분은 누구에게 잘 보여야 할까요? 누구와 좋은 관계를 맺어야 할까요? 여러분은 가수도, 영화배우도, 식당 주인도 아닌데 말입니다. 그러나 여러분은 이미 수많은 관계 속에서 살아가고 있습니다. 바로 곁에 계신 부모님, 함께 공부한 친구들, 여러분을 가르쳐 주신 선생님들 그리고 형제자매와 이웃입니다. 그 모든 사람과 좋은 관계를 맺고, 그 관계를 소중히 이어 가야 합니다.

관계가 좋은 사람은 성실한 사람입니다. 인내할 줄 아는 사람이며, 노력하는 사람입니다. 정직하고, 부모님께 효도할 줄 아는 사람입니다. 어제보다 오늘 더 나아지려고 애쓰는 사람이며, 세상과 이웃을 사랑할 줄 아는 사람입니다.

『노인과 바다』,『무기여 잘 있거라』,『누구를 위하여 종은 울리나』의 작가이자 노벨 문학상을 수상한 어니스트 헤밍웨이(Ernest Hemingway)는 이런 말을 남겼습니다. "다른 사람보다 우월한 데에는 고귀함이 없다. 진정한 고귀함은 과거의 자신보다 나아지는 것이다."라고 말입니다.

졸업생 여러분, 여러분도 주변 사람들과 좋은 관계를 이어 가기 위해 항상 어제보다 더 나은 오늘의 자신이 되도록 노력하기 바랍니다. 다른 사람에게 잘 보이기 위한 노력이 결국은 스스로를 성장시키는 길이기 때문입니다. 다시 한번 여러분의 졸업을 진심으로 축하합니다. 감사합니다.

석면 텍스 교체 공사

*

    학교 천장에 붙어 있는 석면 텍스를 제거하고 무석면 텍스로 교체하는 공사가 진행된다. 석면 텍스 교체 공사는 공사 기간이 길어, 이를 실시하는 학교들은 겨울 방학을 일찍 시작하는 경우가 많다. 우리 학교 역시 이번 겨울 방학 동안 석면 텍스 교체 공사를 하게 되어 종업식과 졸업식을 12월 18일에 치른다. 겨울 방학을 길게 확보해야 했던 만큼, 이미 지난 여름 방학은 매우 짧게 지나갔다.

    석면 텍스를 제거하려면 교실 안에 있는 모든 물건을 다른 장소로 옮겨야 한다. 그래서 각 교실과 특별실의 집기와 비품을 체육관과 그 아래 주차장으로 옮겨 두었다가, 공사가 완전히 끝난 뒤 다시 제자리에 들여놓는다. 말 그대로 이사를 두 번 하는 셈이다. 나 역시 이삿짐을 싸 보니, 구석구석에서 끝없이 짐이 쏟아져 나오는 것을 실감했다. 방학 중에도 행정 업무는 계속되기 때문에 행정실과 교무실, 교장실은 체육관 한쪽에 임시 사무실을 마련해 업무를 이어 간다.

보통 방학 동안 운영되는 영어 캠프, 체육 캠프, 독서 캠프 등 각종 캠프 활동과 방과 후 프로그램은 공사 기간 동안 교실 출입이 제한되어 진행할 수 없다. 다만 돌봄 교실은 인근 이웃 학교의 교실을 빌려 계속 운영한다. 아이들뿐만 아니라 돌봄 업무를 맡은 초등 보육 전담사 두 분도 역시 이웃 학교로 이동하며 불편을 감수해야 한다.

석면 텍스 제거 공사에서 가장 걱정되는 부분은 학교 주변 아파트에 거주하는 주민들의 민원이다. 석면이 날려 인근 지역에 피해를 줄 수 있다는 우려 때문이다. 학부모들 또한 민감할 수밖에 없다. 공사 이후 마무리가 제대로 이루어지지 않아 석면 가루가 남은 상태로 아이들이 교실에 들어가는 일은 결코 있어서는 안 되기 때문이다.

그러나 석면 제거 공사 시에는 음압기를 설치해 교실 내부의 공기가 외부로 빠져나가지 않도록 철저히 조치한다. 관련 기술도 크게 발전했고, 교육청과 학교는 물론 감리 업체의 관리, 시민단체와 전문가로 구성된 모니터단의 정기적인 점검까지 더해져 공정 전반이 매우 엄격하게 관리된다. 이러한 점에서 석면 가루에 대한 우려는 충분히 해소될 수 있다고 본다.

다만 겨울 날씨가 너무 혹독하지 않기를 바랄 뿐이다. 날씨가 지나치게 춥거나 눈이 많이 오면 공사에 차질이 생기기 마련이다. 혹여 공사가 계획보다 길어질 경우, 새 학년이 시작되는 3월 3일 개학과 입학 일정에 어려움이 생길 수도 있다. 그런 상황만큼은 절대 일어나지 않기를 바란다. 사람의 앞날에는 언제나 하늘의 도움이 필요하다. 그저 공사가 일정대로 무사히 마무리되기를 기도할 뿐이다.

현재 초등학교의 생생한 생활 모습

두꺼비
선생님

배우는 즐거움,
익히는 기쁨

지퍼의 발명

*

　요즘은 날씨가 많이 춥다. 춥다 보니 옷을 많이 껴입게 된다. 집으로 돌아오는 엘리베이터 안에서 미리 겉옷을 벗을 준비를 한다. 패딩에도 지퍼, 그 안의 조끼에도 지퍼, 신발에도 지퍼가 달렸다. 지퍼의 우수함이 가장 빛을 발하는 곳은 다름 아닌 바지다. 지퍼라는 이 작은 장치가 만약 바지에 없었다면 어땠을까? 단추를 하나하나 채우고 풀어야 했던 과거의 방식은 단순히 시간의 낭비를 넘어 삶의 리듬을 끊어 놓는 일이었다. 우리는 지퍼 덕분에 그 소모적인 과정에서 해방되었고, 비로소 안전하고도 신속한 일상의 편의를 누리게 된 것이다.

　어디 이뿐인가! 주머니에도 지퍼가 달려 있어야 안심이 된다. 지퍼가 없으면 혹시 물건이 주머니에서 빠져나가 분실할 염려가 있지만, 지퍼만 쓱 올리면 아무 걱정이 없다. 지갑이나 가방, 핸드백, 배낭, 세탁망 등 지퍼의 쓰임을 일일이 말할 필요가 없을 정도로 이미 우리 생활에 쫙 퍼져 있다.

지퍼가 없었다면 어떻게 살았을까? 이렇게 편리한 지퍼는 누가 어떻게 하다가 발명했을까? 지퍼의 발명은 인류의 몇 대 발명품 안에 들까? 지퍼가 가끔 고장 나서 낭패를 보는 경우가 있는데, 이것은 지퍼 제작 단가를 낮추기 위해서 저렴한 재료를 사용하여 그러는 걸까? 지퍼에 대하여 많은 것이 궁금하여 공부해 보기로 하였다.

지퍼는 1893년 발명자 휘트컴 저드슨이 군화 끈의 불편함을 덜기 위해 처음 고안했고, 이후 1913년 그의 회사에서 일하던 선드백이라는 사람이 현대식 지퍼를 완성했다. 지퍼라는 이름은 여닫을 때 나는 소리가 "지지지프" 한다고 하여 붙여졌다고 한다. 우리나라 어른들은 아직도 지퍼라는 말보다는 '쟉크'라고 말하는 사람도 많은데, 이는 '처크'의 일본어 발음에서 온 표현이라고 한다. 우리가 흔히 접하는 대부분의 지퍼에 찍혀 있는 'YKK'라는 글자는 일본의 지퍼 제조회사 '요시다 공업'의 이름이라고 한다.

인류 최고 발명품의 순위를 공식적으로 정하는 기관이나 기구는 없다고 한다. 하지만, 대체로 '불, 농업, 바퀴, 종이(문자), 나침반, 화약, 인쇄술, 전기, 증기기관, 인터넷(컴퓨터)' 등의 10가지를 매우 중요한 발명품으로 꼽는다고 한다. 지퍼가 10가지 안에 들어가지 못해서 섭섭하기는 하지만, 대략 30위 안에는 들어갈 만한 발명품이라고 한다.

가끔 지퍼가 고장 나서 낭패를 보는 경우가 있는데, 근본적으로 저가 재료를 사용하여 지퍼를 제작한 경우가 가장 큰 원인이라는 점은 틀림없다고 한다. 하지만 그 외에도 지퍼를 급하게 잡아당긴다거나, 이물질이 끼어 있다거나, 물건을 꽉 차게 채웠을 경우 등의 사용자의 부주의도 있다고 한다.

갈대와 억새

✱

갈대와 억새를 잘 구별하지 못하는 사람이 많다. 물론 나는 시골 출신이라서 갈대와 억새를 아주 잘 구별한다. 척 보면 갈대인지 억새인지 안다. 꽃을 보면 아주 쉽게 구별이 된다. 갈대는 꽃이 뭉쳐 있고, 도톰하며, 비교적 갈색에 가깝다. 억새는 꽃이 갈래갈래 나뉘어 있고, 비교적 하얀색에 가깝다. 갈대의 잎은 길이는 짧고 폭은 넓다. 억새 잎은 가늘고 길며, 가장자리에 톱니 모양이 있어서 살갗에 스치면 베이기도 한다. 그러나 척 보면 알 수 있는 것이지 글로 설명하면 오히려 더 구별하기 어렵거나 자칫 사실과 다르게 설명이 될 수 있다.

지난 주말에 탄천에 산책하러 갔다가 갈대와 억새를 굉장히 많이 보았다. 갈대와 억새는 근본적으로는 사는 곳이 다르다. 갈대는 비교적 물 가까이에서 자란다. 호수, 강변, 천변, 늪지의 가장자리 등에서 자란다. 이에 반해 억새는 들판, 낮은 산, 높은 산 등을 가리지 않고, 물속이 아니라면 어디에서든 자란다.

그런데 갈대와 억새가 같이 자라는 경우도 많다. 강변이나 천변의 언덕 가까운 곳의 물이 많지 않은 곳 등이 그런 곳이다. 탄천 변에도 갈대와 억새가 공존하는 곳이 많다. 갈대의 입장에서는 천변이라고 생각하고, 자기 땅이라고 주장할 것이다. 억새의 입장에서는 물속이 아니고 언덕이니, 자기 땅이라고 주장할 것 같다. 한마디로 경계가 모호하다고 할 수 있다. 여기서 의문이 생긴다. 갈대와 억새가 서로 양보하여 화합하면서 자라는지, 경계가 모호하여 서로 자기 땅이라며 끊임없는 다툼이 있는지는 이들이 말을 하지 않으니 알 수는 없다.

꽃 없는 과일, 무화과를 먹어 봐요!

무화과가 나오는 계절

8월이 되면 마트에서 무화과를 볼 수 있어요. 무화과는 수박이나 사과처럼 인기 있는 과일은 아니에요. 그래서 마트에 진열된 양도 많지 않고, 처음에는 가격이 비싸요. 하지만 며칠 지나면 할인 스티커가 붙을 때가 있어요. 그때 사면 훨씬 싼 값에 살 수 있지요. 단, 너무 늦게 사면 싱싱하지 않은 무화과를 살 수도 있으니 주의해야 해요. 무화과는 보통 8월부터 시작해서 10월 말까지는 마트에서 볼 수 있어요. 사철 먹을 수 있는 과일이 아니므로, 보일 때 틈틈이 사 먹는 게 좋아요.

무화과 이름의 비밀

'무화과(無花果)'라는 이름은 '없을 무(無)', '꽃 화(花)', '과일 과(果)'를 써서 '꽃이 없는 과일'이라는 뜻이에요. 하지만 사실 무화과에도 꽃이 있어요. 다만 무화과의 꽃은 밖에서 보이지 않고 열매 속에서 피어요. 그래서 우리가 그냥 보기에는 꽃이 없는 것처럼 보이는 거예요. 무화과를 반으로 잘라 보면 작은 씨앗 같은 알갱이들이 보이죠? 사실 그 알갱이 하나하나가 무화과의 꽃 씨방이에요. 겉에서는 보이지 않지만 열매 안에서 작은 꽃들이 활짝 피어 있는 거예요.

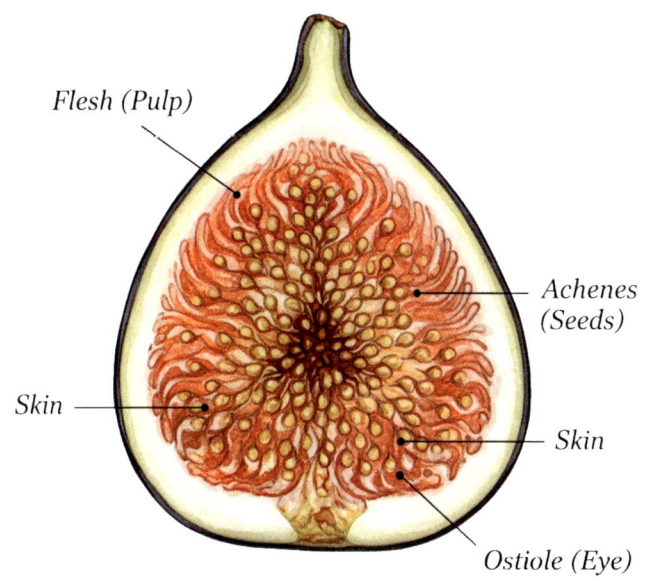

Flesh (Pulp)

Achenes
(Seeds)

Skin

Skin

Ostiole (Eye)

무화과, 이렇게 먹어요

무화과를 먹을 때는 사그락사그락 씹히는 알갱이 때문에 재미있는 식감을 느낄 수 있어요. 어른들은 보통 한입에 쏘옥 먹을 수 있지만, 아이들은 반으로 잘라 먹거나 한입씩 베어 먹는 게 좋아요. 무화과는 쉽게 무르기 때문에 구입 후 3일 안에 먹는 게 좋아요. 보관할 때는 씻지 않은 상태로 키친타월에 감싸서 밀폐 용기에 넣은 뒤 냉장고에 두세요. 당장 먹을 것만 상온에 꺼내 두면 돼요. 먹을 때는 흐르는 물에 살짝 씻은 뒤 껍질째 먹어요. 단, 꼭지 부분만 잘라 내면 돼요. 하루에 3개 정도까지 먹는 건 괜찮지만, 너무 많이 먹으면 당분이 많아 좋지 않아요.

오래 두고 먹고 싶다면?

무화과를 오래 두고 먹고 싶다면 냉동 보관을 해 보세요. 먼저 깨끗이 씻고 꼭지를 잘라 내요. 비닐봉지에 넣어서 냉동실에 보관해요. 먹을 때는 냉동실에서 꺼내 10분 정도 기다린 뒤 먹으면 돼요. 살짝 녹은 무화과는 아삭아삭 샤베트처럼 먹을 수 있어요. 무더운 여름에 더위를 식히는 간식으로 딱이에요!

무화과의 좋은 점

무화과는 건강에 좋은 과일이에요. 식이섬유가 많아 소화를 돕고 변비에 좋아요. 혈당 조절에 도움이 되고, 당뇨 예방에도 좋아요. 암 예방에도 일부 도움이 된다고 해요. 성장기 어린이에게 필요한 뼈 건강에도 좋아요. 그 밖에도 빈혈 예방, 혈압 안정, 면역력 강화에도 도움이 돼요.

먹을 때 주의할 점

한번에 너무 많이 먹지 않기, 무화과 알레르기가 있다면 먹지 않기, 말린 무화과는 당분이 많으니 양을 줄여 먹기. 무화과는 신선할 때 적당히 먹으면 여름철 최고의 건강 간식이 될 수 있어요!

원자폭탄을 개발한 오펜하이머

오늘은 원자폭탄을 개발한 미국의 과학자 로버트 오펜하이머에 대해 공부해 보려고 해요. 제2차 세계대전 당시, 미국은 일본의 히로시마와 나가사키에 원자폭탄을 투하했고, 이를 계기로 일본이 항복하면서 전쟁은 연합국의 승리로 끝나게 되었어요. 바로 그 원자폭탄을 개발하는 데 가장 큰 역할을 한 사람이 오펜하이머랍니다.

오펜하이머는 1904년 4월, 미국 뉴욕 맨해튼의 부유한 집안에서 태어났어요. 어린 시절 그는 주로 집 서재에서 책을 읽으며 시간을 보냈고, 덕분에 라틴어, 그리스어, 프랑스어, 네덜란드어, 독일어 등 여러 언어를 완벽하게 익혔다고 해요. 뛰어난 어학 능력 덕분에 세계 여러 언어를 어린 나이에 터득한 셈이에요. 정말 대단하지 않나요?

그뿐만 아니라 그는 고등학교를 조기 졸업 했고, 이어 미국의 명문 하버드대학교 화학과도 일찍 졸업했어요. 이후 당시 과학이 더 발전해 있던 영국 케임브리지대학교 대학원으로 유학을 갔는데, 거기서 물리학을 공부했어요. 하지만 케임브리지에서의 생활은 쉽지 않았어요. 실험을 중시하는 교수님 때문에 자주 실험을 하게 되었지만, 오펜하이머는 실험에는 흥미도, 소질도 없었기 때문이에요.

결국 그는 독일로 유학지를 옮겨 이론물리학을 집중적으로 공부하게 되었고, 그곳에서 큰 성과를 거두었답니다. 실험물리학에서는 두각을 나타내지 못했지만, 이론물리학에서는 탁월한 능력을 보였어요. 특히 양자역학 분야에서 뛰어난 업적을 남겼고, 23세의 나이에 박사 학위를 취득한 뒤, 25세에 미국의 두 대학교 교수로 임용되었다고 해요.

당시 세계는 제2차 세계대전의 소용돌이에 휘말리고 있었어요. 미국에서는 극비리에 원자폭탄을 개발하는 맨해튼 프로젝트가 시작되었고, 오펜하이머는 이 프로젝트의 책임자로 임명되었어요. 수많은 과학자와 함께 힘든 연구 끝에 마침내 원자폭탄을 개발하는 데 성공했고, 미국은 전쟁을 끝내기 위해 일본에 원자폭탄을 투하했어요. 결국 일본은 항복했고, 전쟁은 끝나게 되었답니다.

이로써 오펜하이머는 미국에서 전쟁을 승리로 이끈 영웅으로 불리게 되었어요. 그러나 그 영광은 오래가지 않았어요. 당시 미국의 경쟁국이었던 소련이 원자폭탄과 수소 폭탄 개발에 성공하자, 오펜하이머는 소련의 스파이라는 의심을 받게 된 거예요. 실제로는 오해에서 비롯된 일이었지만, 미국 정부는 그를 강하게 몰아붙였고, 1954년에 오펜하이머의 보안 허가를 취소하였으며, 결국 그는 모든 공직에서 물러나고 말았어요. 그 후 그는 대학에서 강의하며 지냈지만, 깊은 상처를 안은 채 1967년 2월, 62세의 나이로 세상을 떠났어요. 뒤늦게 오해가 풀리면서 2022년 미국 정부가 그의 보안 허가 취소 결정을 무효화하여 오펜하이머가 세상을 떠난 지 55년 만에, 보안 허가가 취소된 지 68년 만에 그의 명예가 공식적으로 회복되었다고 해요.

오펜하이머의 마음은 어땠을까요? 국가를 위해 원자폭탄을 개발해 전쟁을 끝내는 데 기여했는데, 한순간에 스파이로 몰려 억울한 시간을 보내야 했으니 말이에요. 만약 전쟁이 없었다면, 그는 인류의 평화를 위한 과학 발명품을 더 많이 만들고, 제자를 길러 내며 물리학을 더 발전시킬 수 있었을지도 몰라요.

오펜하이머의 삶을 통해 우리는 많은 것을 배울 수 있어요. 나라가 평화로워야 사람도 평화롭게 살 수 있다는 것, 그리고 전쟁 같은 혼란스러운 시대에는 진실보다 거짓이 더 쉽게 힘을 얻을 수 있다는 것을 알게 되었어요. 결국 혼란스러운 세상은 훌륭한 과학자를 전쟁에 끌어들여 무기를 만들게 하고, 나중에는 그 과학자를 스파이로 몰아 곤경에 빠뜨리기도 했죠. 우리는 오펜하이머의 생애에서 중요한 교훈을 얻을 수 있어요. 전쟁보다 평화를 사랑하는 사람으로 자라야 한다는 것, 그리고 내 나라의 이익뿐 아니라 이웃 나라의 평화까지 존중하는 것이 필요하다는 사실이에요. 천재 물리학자 오펜하이머의 삶은 우리에게 평화의 소중함을 일깨워 주었어요.

AI를 어떻게 준비해야 하나?

　요즘 AI를 모르는 사람은 거의 없다. 우리말로 하면 인공지능이다. AI 앱을 한 번도 써 보지 않은 사람도 드물 것이다. 물론 만 13세 이하 초등학생의 경우 앱 가입에 제한이 있기는 하다. 나 역시 AI 앱을 자주 사용한다. 주로 ChatGPT(챗지피티)를 써 왔고, 요즘에는 제미나이(Gemini)도 함께 쓰고 있다. 유료 요금제가 아닌 무료 버전을 사용하다 보니 대접이 다소 박하다는 느낌을 받을 때도 있다. 역시 돈을 들여야 제대로 대접받는 세상이라는 생각이 든다.

　빈부의 격차가 날이 갈수록 커 가는 것처럼, 앞으로 우리의 삶은 AI 격차가 크게 벌어질 것이라고 한다. AI가 만든 영화가 실제로 촬영한 영화보다 더 실제처럼 보이기도 한다. AI가 그린 그림이 실제로 화가가 그린 그림보다 더 실제처럼 보이기도 한다. AI가 쓴 글이 실제 작가가 쓴 글보다 더 그럴듯해 보이기도 한다. 이제 '진짜'와 '가짜'를 구분하는 기준이 점점 흐려지고 있다. 문제는 기술 그 자체가 아니라 그 기술을 누가, 어떻게, 얼마나 활용하느냐에 있다. AI를 능숙하게 다루는 사람은 더 빠르게 배우고, 더 넓게 사고하며, 더 멀리 나아갈 수 있다. 반면 AI를 낯설어 하거나 두려워하는 사람은 점점 뒤처질 수밖에 없다. 빈부 격차가 교육 격차를 낳았듯, AI 격차는 삶의 격차로 곧바로 이어질 것이다.

우리나라에서도 AI에 대한 투자를 확대해 AI 강국으로 도약하겠다는 것이 정부의 방침이라고 한다. 그렇다면 개인 역시 AI를 강 건너 불구경하듯 바라보고만 있어서는 안 될 것 같다. 물론 직업이나 업무, 취미와 필요에 따라 AI를 접하는 빈도에는 차이가 있을 수 있다. 일부러 AI를 찾아다니지 않아도 전혀 불편하지 않은 사람도 있을 것이다. 그러나 이는 AI가 이미 우리 생활 깊숙이 들어와 있기 때문이기도 하다.

어떤 이는 앞으로 3년 안에 자율주행 자동차가 상용화될 것이라고 말한다. 하지만 다수의 전문가는 판교나 세종시처럼 특별한 도로 환경이 갖춰진 지역을 제외하면 전면적인 상용화는 어렵다고 본다. 또 다른 이는 3년 안에 개인 로봇을 데리고 다닐 수 있는 시대가 올 것이라고 전망한다. 이 역시 대부분의 전문가는 일부 특수한 업종을 제외하면 아직은 시기상조라고 말한다. 누구의 말이 맞는지는 3년이 지나 보면 자연스레 드러날 것이다.

AI를 대하는 우리의 태도 또한 중요하다. AI에 지나치게 의존하는 것도 바람직하지 않으며, AI가 제시한 답을 그대로 믿는 것 역시 경계해야 한다. AI라고 해서 모든 것을 다 아는 것은 아니다. AI가 제공하는 정보는 한 번 더 점검하는 과정이 필요하다. 더 나아가, 무엇을 물어볼지 스스로 판단하고 질문할 수 있는 능력 또한 중요하다.

AI는 반복 작업에 특화되어 있다. 인간이 아무리 많은 것을 암기해도 AI를 따라잡기는 어렵다. 반면, AI가 아무리 빠르고 정확하더라도 대체할 수 없는 인간만의 영역이 존재한다. 감정, 가치 판단, 공감과 위로처럼 인간의 관계 속에서 형성되는 고차원적인 사고와 의사 결정은 AI가 대신할 수 없는 영역이다.

따라서 우리는 AI를 두려워할 것이 아니라, 일상 속에서 꾸준히 배우고 활용하며 적응해 나가는 자세가 필요하다. AI가 뛰어난 영역은 과감히 AI에게 맡기고, 활용하는 열린 태도도 중요하다. 다른 사람보다 앞서가겠다는 조급함에 필요 이상으로 긴장할 필요도 없고, AI가 없어도 아무 지장이 없다며 애써 외면할 이유도 없다. 어쩌면 이 글을 읽고 있는 지금 이 순간에도, AI는 이미 우리의 설명이 무색할 만큼 저만치 앞서 나아가고 있을지도 모른다.

앞에서 AI가 인공지능이라고 말했다. 영어 공부를 조금 해 보자. A는 'Artificial'의 약자다. 편하게 읽으면 '아티피셜'이다. '인공의'라는 뜻이다. I는 'Intelligence'의 약자다. 보통 '인텔리전스'라고 발음하며, '지능'이라는 뜻이다. 그래서 이 둘을 합하면 '인공지능'이라는 뜻이 된다. 겨울철에 조류 독감이 유행할 때도 AI라는 말이 많이 쓰인다. 이때의 AI는 'Avian Influenza'의 약자다. '에이비언 인플루엔자'로 읽으면 된다. '조류 독감'이라는 뜻이다.

갈라파고스

*

드디어 알아냈다. '갈라파고스'가 생각이 안 나서 여러 날을 찾아봤던 참이었다. 힌트는 '마다가스카르와 비슷한 섬', 이것이었다. 크기와 생태계가 비슷한 섬도 아니고, 지리적 위치가 비슷한 섬도 아니고, '고유한 동식물이 많은 섬'이라는 점이 비슷하였다. 진화론의 근거가 된 섬으로, 고유종이 많고 마다가스카르처럼 격리된 생태계를 지닌 곳으로 설명되었다.

그럼, 먼저 지리적 위치부터 차근차근 살펴보자. '갈라파고스 제도'라고 나온다. '제도'라면 섬이 많다는 얘기다. 구글 지도를 보니 섬이 여러 개 있다. 섬이 거의 적도 근처에 위치하였다. 남아메리카의 에콰도르 서쪽의 태평양에 위치하고 있다. 동태평양에 있는 갈라파고스 군도라고 한다. 에콰도르 갈라파고스 주에 속한 섬으로 에콰도르 본토에서 서쪽으로 1,000km 떨어진 곳의 해상에 있는 20여 개의 섬과 암초들로 이루어져 있다.

지금부터, 초등학교 1학년도 이해할 수 있게 갈라파고스의 특징을 쉽게 설명하고자 한다. 갈라파고스 제도의 정식 명칭은 '콜론 제도'다. 그런데 '갈라파고스'라는 말은, 이 섬에 있는 큰 거북이들을 가리키는 스페인어에서 유래했다고 한다. 이 섬은 대한민국 남한 땅의 약 1/12 크기밖에 안되는 작은 섬이다. 그리고 화산이 폭발해 바다 위에 생겨난 섬들로 이루어져 있다. 여기는 날씨가 특별하다. 적도에 있지만 시원한 바닷물, 즉 해류 덕분에 적도 근처에 있는 다른 섬들보다 조금 더 선선하고 습하지 않다. 비도 별로 안 오고, 공기도 깨끗하다.

예전에 찰스 다윈이라는 영국의 생물학자가 1835년에 이 섬에 와서 신기한 동물들을 보고 놀랐다고 한다. 그래서 나중에 『종의 기원』이라는 책을 썼고, 이 섬은 아주 유명해졌다. 갈라파고스에는 다른 나라에서는 볼 수 없는 신기한 동물들이 살고 있다. 이를 고유종이라고 한다. 그중에는 갈라파고스 황소 거북처럼 수명이 긴 거북이도 있다. '황소

거북'이라는 말은 우리나라 말로 고친 것이고, 실제의 뜻은 '큰 거북이'를 의미한다.

이 섬에 사는 사람들은 관광업, 물고기를 잡는 어업, 농업을 주로 하며 살고 있고, 은빛 비늘이 반짝반짝 빛나는 바닷물고기인 농어와 커피 같은 것을 다른 나라에 수출하며 살아가고 있다. 요즘에는 관광객이 늘어나면서 갈라파고스의 동물과 식물들의 생존이 위협받고 있다고 하니, 걱정이 아닐 수 없다.

이탈리아 북부의 보석,
돌로미티로 떠나는 여행

✻

엊그제 친구들과 오랜만에 모였는데, 예상대로 대화의 주제는 '해외여행'이었어요.

"패키지여행이 최고야!"

"아니야, 자유여행은 해 봐야 알지!"

"영어만 되면 어디든 문제없더라."

각자 다녀온 곳을 자랑하느라 열기가 대단했죠. 저는 그냥 웃기만 했어요. 솔직히 돈, 시간, 에너지를 한꺼번에 써 가며 해외여행을 떠날 생각이 쉽게 들지는 않거든요. 하지만 여행지 이야기를 들을수록 마음 한쪽이 간질간질해졌어요.

'어디길래 다들 그렇게 반짝거리는 눈빛으로 말하는 걸까?'

그래서 저는 유튜브로 떠나는 나만의 여행을 시작하기로 했습니다. 오늘의 목적지는 바로 이탈리아 북부의 보석 돌로미티(Dolomiti).

드라마 같은 풍경, 돌로미티를 만나다

돌로미티는 이탈리아 북부 알프스산맥 동쪽에 자리한 웅장한 산악 지대예요. 유네스코 세계자연유산으로 지정된 이곳은 뾰족하게 솟은 봉우리와 깎아지른 절벽, 끝없이 펼쳐진 초원과 에메랄드빛 호수가 어우러져 한 폭의 그림 같은 풍경을 자랑하죠.

대표 명소들

- 트레 치메 디 라바레도(Tre Cime di Lavaredo)
  → 세 개의 거대한 봉우리가 만들어 내는 압도적인 풍경
- 세체다(Seceda)
  → 초원과 암벽이 조화를 이루는 최고의 사진 스폿

화면 속 풍경을 바라보고 있자니, '내가 꼭 이곳에 서 있어야만 할 것 같다'라는 생각이 절로 듭니다.

계절마다 다른 얼굴을 가진 돌로미티

돌로미티의 매력은 사계절 내내 색다른 아름다움을 보여 준다는 거예요.

- 봄(Spring): 눈을 녹이며 피어나는 야생화 초원이 마음을 사로잡아요.
- 여름(Summer): 트레킹, 하이킹, 자전거 투어 등 액티비티의 천국!

- 가을(Autumn): 단풍으로 물든 호수와 산악 풍경이 황홀할 만큼 아름답습니다.
- 겨울(Winter): 설원 위에서 즐기는 스키와 스노우 액티비티는 돌로미티의 또 다른 얼굴이에요.

어떤 계절에 가든 '가장 완벽한 한 장면'을 만날 수 있는 곳이죠.

여행 팁– 이렇게 가면 좋아요

돌로미티 여행의 거점 도시는 볼차노(Bolzano)와 코르티나 담페초(Cortina d'Ampezzo)예요.

대중교통을 이용할 수도 있지만, 숨은 호수와 전망대를 효율적으로 둘러보려면 렌터카 여행을 강력히 추천해요.

차 한 대면 돌로미티의 광활한 대자연을 훨씬 자유롭게 즐길 수 있답니다.

그리고 꼭 기억해야 할 한 가지!

돌로미티는 사진 한 장으로는 절대 다 담을 수 없는 곳이라는 거예요. 카메라보다 눈과 마음에 담는 여행을 준비하세요.

여행을 떠나지 않아도, 마음은 이미 돌로미티에

친구들처럼 직접 가 본 건 아니지만, 유튜브 속 돌로미티를 바라보며 저 역시 잠시 여행자가 된 기분이에요. 거친 산맥과 푸른 초원, 빛을 머금은 호수까지… 언젠가 꼭 만나러 가고 싶은 꿈의 여행지로 마음속에 깊게 새겨 두었습니다.

돌로미티는 단순한 여행지가 아니라, 숨을 멎게 하는 자연과 순간의 감동을 온몸으로 느낄 수 있는 특별한 공간이에요. 언젠가 저도 이 길을 걸으며, 사진 속 풍경이 아닌 진짜 공기와 빛을 마주하고 싶습니다.

극한 직업- 페루 대왕오징어 잡이

*

 TV 프로그램 〈극한 직업〉을 보았다. '극한 직업'이란, 말 그대로 아주 힘든 직업을 뜻한다. 예를 들어, 무더운 여름날 두꺼운 소방복을 입고 화재 현장에서 불을 끄는 소방관은 대표적인 극한 직업이다. 줄 하나에 의지해 수십 층 고층 빌딩의 외벽을 청소하는 청소원도 극한 직업이다. 밀폐된 공간에서 유독 가스에 질식할 위험을 무릅쓰고 하수도와 맨홀을 청소하는 일 역시 극한 직업이다.

 이번에 소개할 극한 직업은 바로 거친 파도를 헤치며 오랜 시간 바다에서 일해야 하는 페루 대왕오징어 잡이 어부다. 남태평양의 먼바다까지 나아가는 데 하루, 대왕오징어와 사투를 벌이며 배로 끌어올리는 데 하루, 다시 항구로 돌아오는 데 하루가 걸려 꼬박 사흘이 걸린다.

 이 대왕오징어의 최대 수입국이 바로 우리나라다. 현지에서는 '훔볼트오징어'라고 불리는 페루산 대왕오징어는 크기가 크고 값이 저렴해 한국에서는 여러 가공식품의 원료로 쓰인다. 오징어젓갈, 진미채, 어묵 재료, 국물용 육수 등 다양한 음식에 활용된다.

이 일을 극한 직업이라 부르는 이유는 단순히 먼바다에서 작업하는 고된 환경 때문만은 아니다. 50kg이나 되는 무거운 오징어를 배 위로 끌어올리는 일은 엄청난 힘을 요구하며, 잘못하면 허리에 큰 무리가 간다. 또 오징어가 내뿜는 먹물은 얼굴에 튀면 따갑고 가려울 뿐 아니라 물집이나 피부염을 일으킬 수 있어 즉시 씻어 내야 한다.

한편, 예전에는 동해안과 울릉도 바다에서 만선을 이룬 어부들의 행복한 얼굴을 흔히 볼 수 있었지만, 이제는 보기 힘들어졌다. 오징어가 '금징어'가 된 지도 꽤 오래다. 다시 값싸고 풍성하게 잡히는 날이 오기를 바란다. 쫄깃쫄깃하고 쫀득쫀득하게 입에 달라붙는 달콤한 맛, 사르르 녹아내리는 오징어회를 마음껏 맛볼 수 있는 날을 손꼽아 기다려 본다.

추강에 밤이 드니

　판교에 이사 와서 16년이 다 됐다. 탄천을 16년을 건너다 녔다. 수정구에 있는 학교로 다니던 이전의 7년은 승용차를 타고 탄천을 건넜다. 그리고 작년부터 올해는 걸어서 출퇴근하다 보니 매일 탄천을 더 가까이 보며 건너다니게 되었다. 오늘도 출근할 때는 이매교 큰 다리를 걸어서 건넜고, 퇴근할 때는 사람만 건너다니는 보도교를 건너오느라 탄천을 더 가까이 자세히 보며 왔다. 그리고 보도교를 건너며 늦가을의 차가운 탄천의 시냇물을 볼 때는 항상 이 시조가 자동으로 나온다.

　　추강에 밤이 드니 물결이 차노매라.
　　낚시 드리우니 고기 아니 무노매라.
　　무심한 달빛만 싣고 빈 배 저어 오노매라.

　위 시조는 월산대군이 지은 시조 「추강에 밤이 드니」다.

월산대군은 조선 제9대 임금 성종의 형이다. 성종의 첫째 형이니 왕이 될 수도 있었다는 것이다. 그러나 신하들이 동생인 자을산군(성종)을 왕으로 추대하고 있음을 알아차리고 동생에게 왕의 자리를 양보하고, 궁을 떠나 시를 짓고 자연을 벗하며 살아갔다. 위의 시조를 쉽게 풀어보면 다음과 같다.

> 가을 강에 밤이 되니 물결이 차갑구나.
> 낚시를 던져 봐도 고기가 잡히지 않는구나.
> 괜한 달빛만 싣고 빈 배를 저어 오는구나.

어찌 보면, 왕의 자리를 동생에게 양보하고 허탈한 마음을 노래한 시조라고 할 수도 있다. 고기 한 마리 낚지 못하고 빈 배로 돌아오는 모습이 왕의 자리를 얻지 못한 자신의 처지와 비슷한 것이다.

이왕 시조가 나왔으니, 이 시조에서 공부해야 할 주요 핵심을 알아보자. 이 시조에서 고기조차 낚지 못하고 빈 배로 돌아오는 지은이 월산대군의 심정은 정치를 떠나 자연 속에서 느끼는 고독과 허무함과 체념이다.

'차노매라', '무노매라', '오노매라'의 표현은 반복을 통한 운율을 형성하여 시간이 갈수록 점차 감정이 더 강화됨을 표현하고 있다. 즉, 차가운 강물에 고기는 물지 않고 결국은 아무런 소득 없이 빈 배로 돌아오는 허무함의 극치를 표현하고 있다.

신라 왕 공부

*

  신라 시대 왕들의 업적을 중심으로 신라 시대를 공부하려고 해요. 신라 왕이라면 먼저 어떤 왕들이 떠오르나요? 백제를 멸망시켜 삼국통일의 토대를 마련한 김춘추의 태종무열왕, 경주 감포 앞바다의 문무대왕 수중릉의 문무왕, 신라 영토를 넓히고 순수비를 세운 진흥왕 그리고 선덕여왕, 진덕여왕, 진성여왕, 마의태자의 아버지인 신라 마지막 왕 경순왕, 그 외에 법흥왕, 내물왕, 지증왕, 신라의 시조 박혁거세 등이 우선 떠오르네요.

  그런데 신라 왕은 조선이나 고려와 달리 처음에는 왕이라고 불리지 않고 거서간-차차웅-이사금-마립간-왕의 순으로 이름이 불렸어요. 내물왕은 내물 마립간을 사용했고, 지증왕 때부터 왕으로 불렸어요. 어차피 신라 왕의 계보를 암기하려고 하는 것이니, 우선 제1대 왕부터 마지막 왕까지 순서에 맞게 적어 볼게요.

혁거세 거서간-남해 차차웅-유리 이사금-이후 13명의 이사금-내물 마립간-이후 실성-눌지-자비-소지 마립간-지증왕부터 왕-법흥왕-진흥왕-진지왕-진평왕-선덕여왕-진덕여왕-무열왕-문무왕-신문왕-효소왕-성덕왕-효성왕-경덕왕-이후 마지막 두 임금인 경애왕-경순왕까지 모두 56명의 왕이 재위했어요.

위의 계보를 기반으로 하여 다음과 같이 신라 왕을 암기하려고 해요. 이사금으로 불린 13명의 왕과 35대 경덕왕 이후 경애왕 이전까지 19명의 왕은 역사 공부에서 큰 비중을 차지하지 않아서 생략하여 제시하면 아래와 같아요.

(혁-남-유-13)-(내-실-눌-자-소)

(지-법-진-진-진)-(선-진-무-문)

(신-효-성-효)-(경-19-경-순-56)

위를 바탕으로 신라 왕의 특징을 간단히 정리하면 아래와 같아요.

• **혁(혁거세 거서간)- 신라 건국, 왕국의 기틀 세움**

- 남(남해 차차웅)- 종교적 지도자
- 유(유리 이사금)- 건국 초기 신라 왕실 안정
- 내(내물 마립간)- 중앙집권 체제 구축
- 지(지증왕)- 왕호를 왕으로 정함, 왕권 강화, 우산국 복속
- 법(법흥왕)- 불교 공인과 율령 반포
- 진흥왕- 영토 확장 및 한강 유역 차지, 순수비 건립, 화랑도 강화
- 진지왕- 재위 4년 만에 폐위
- 진평왕- 53년 장기 재위, 화랑도 정비, 원광법사의 걸사표
- 선덕여왕- 신라 최초의 여왕
- 진덕여왕- 성골 출신의 마지막 왕
- 무열왕- 최초 진골 출신 왕, 당과 연합하여 백제 멸망시킴
- 문무왕- 삼국통일 완성
- 신문왕- 귀족에게 토지와 세금을 지급하던 녹읍을 폐지
- 효소왕- 6세의 어린 나이에 즉위
- 성덕왕- 신라 역사상 가장 태평성대한 시기

- 효성왕- 정치적 혼란 시작
- 경덕왕- 왕권 회복
- 경애왕- 포석정에서 견훤의 습격을 받고 스스로 목숨을 끊음
- 경순왕- 신라 마지막 왕, 고려 태조에게 항복함

을파소 생각

✱

갑자기 '을파소'라는 이름이 떠올랐다. 입안에서 맴돌 듯 쉽게 사라지지 않았다. 음악가였던가? 고구려나 고려 시대의 재상이었나? 백제나 신라 사람 같지는 않았다. 만약 조선 시대 인물이었다면 이렇게 어렴풋이 떠오르지는 않았을 것이다. 전쟁에서 큰 공을 세운 장군도 아닌 듯했다. 그런 인물이라면 을지문덕이 먼저 떠올랐을 테니 말이다. 그렇다면 을파소는 누구일까? 생각의 포위망은 좀처럼 좁혀지지 않았다.

결국 검색을 했다. 을파소, 고구려 고국천왕 시대의 재상, 진대법을 실시했다. 아, 맞다! 을파소, 진대법. 그제야 머릿속에서 흩어져 있던 생각의 연결 고리가 완성되었다. 공부한 것은 이렇게 언젠가 다시 떠오르는 법인가 보다. 다만 우리가 예전에 배웠던 것처럼, 을파소가 진대법을 직접 건의하여 실시했다는 설명에는 역사적 기술의 한계가 있다고 한다. 고국천왕 시대에 진대법이 시행된 것은 분명하고, 당시 재상이 을파소였던 것도 확실하지만, 두 사실을 단정적으로 연결하기에는 근거가 충분하지 않다는 것이다.

진대법이란 봄철에 곡식이 부족한 백성에게 나라가 곡식을 빌려주고, 가을에 추수한 뒤 이자를 조금 보태어 갚도록 한 제도다. 흔히 말하는 빈민 구제 제도다. 이는 고구려 시대에 어려움에 처한 백성을 도우려는 취지에서 마련된 훌륭한 제도였다. 이러한 빈민 구제 제도는 이후 고려와 조선 시대에도 이어졌다. 그러나 고구려 시대에도 그랬듯이 시간이 지나면서 이자를 점점 높여 받는 폐단이 나타났고, 결국에는 오히려 가난한 백성을 괴롭히는 제도로 악용되는 사례도 적지 않았다.

이러한 빈민 구제 제도는 고려 시대에도 계승되었다. 태조 왕건 때 설치된 흑창이 그 예다. 흑창은 진대법을 계승해 시행한 제도였다. 고려 성종 때에는 흑창을 개편해 의창을 설치하고, 이를 전국적으로 확대해 실시했다. 또한 성종 대의 상평창은 곡물이나 포목과 같은 필수품의 가격이 낮을 때 매입했다가, 가격이 오르면 저렴하게 방출함으로써 물가를 조절하는 역할을 했다. 조선 시대에도 의창과 상평창의 전통을 이어받아 빈민 구제 제도가 지속되었다. 다만 조선 후기의 환곡은 폐단이 지나치게 커져 높은 이자를 받는 고리대 형태로 변질되었고, 결국 농민 수탈의 주요 원인 가운데 하나가 되었다.

수렴청정하였다

*

 '수렴청정하였다'라는 말을 잘 몰라 망신을 당한 적이 있다. 고등학교 시절 역사 공부를 하며 자주 듣고 읽었던 표현이었지만, 뜻을 정확히 짚고 넘어가지 못했다. 차근차근 의미를 살펴보며 공부했어야 했는데, 다음 진도를 나가기에 급급하다 보니 깊이 파고드는 습관이 부족했다. 그저 '대략 그런 의미겠지' 하고 넘긴 경우가 많았다. 당시 내가 이해한 수렴청정이란, '왕이 어려 국정 운영이 부족하니 대왕대비가 옆에서 대신 정사를 돌보며 도와주는 것' 정도였다.

 그렇게 어렴풋이 알고 있던 '수렴청정'은 교사가 된 뒤 뜻밖의 순간에 다시 나를 곤란하게 만들었다. 어느 학부모와의 대화 중, 한 학생의 어머니가 던진 질문에 제대로 답하지 못하는 상황이 벌어진 것이다. 정확히 어떤 맥락에서 그 말이 나왔는지는 기억나지 않지만, 나는 끝내 얼버무리고 말았다.

"수렴청정이 발을 드리우고 정사를 들었다는 말이잖아요?"라는 질문에 정확하게 답을 하지 못하고 얼버무렸다.

"예에에… 뭐, 그렇죠…." 하며 말을 흐렸다.

아마 그 어머니는 속으로 '이런 것도 모르면서 어떻게 교사가 되었을까?' 하고 생각했을지도 모른다. 그날 이후, 나는 그 어머니 덕분에 '수렴청정'이라는 말을 제대로 공부하게 되었다.

먼저 '청정(聽政)'은 짐작했던 대로 '정사를 듣는다'는 뜻이어서 큰 틀에서의 이해는 틀리지 않았다. 문제는 '수렴(垂簾)'이었다. 이 말은 한자를 알아야 정확해진다. 드리울 수(垂)에 발 렴(簾), 즉 '발을 드리운다'는 뜻이다. 여기서 말하는 '발'은 신체의 발이 아니라, 대자리처럼 늘어뜨려 시야를 가리는 가림막을 말한다. 한쪽에서는 다른 쪽의 모습이 완전히 드러나지 않고 윤곽만 보이도록 하는 도구다. 조선 시대에는 남녀 간의 예법이 엄격하여 서로 얼굴을 드러내고 마주하는 일을 꺼렸는데, 이럴 때 발을 드리워 소통했다.

따라서 수렴청정이란 글자 그대로 풀이하면 '발을 드리우고 정사를 들었다'는 뜻이 된다. 실제 의미로는 '어린 왕이 즉위했을 때, 왕대비나 대왕대비가 왕을 대신해 국정을

대리하여 운영하는 것'을 가리킨다. 이왕 수렴청정을 공부
한 김에, 조선 시대에는 어떤 왕들이 수렴청정을 겪었는지
도 함께 살펴보기로 한다.

조선에서 처음으로 수렴청정이 시행된 것은 제9대 임금
성종(成宗, 재위 1469~1494) 때였다. 성종은 13세의 어린 나
이에 즉위했을 뿐 아니라 정식 세자가 아니었기에, 국정을
운영하기 위한 체계적인 교육도 충분히 받지 못한 상태였
다. 이에 따라 성종의 할머니인 정희왕후가 즉위 후 7년
동안 수렴청정으로 국정을 맡았다. 이후 제13대 명종(明宗,

재위 1545~1567) 때에는 문정왕후가 수렴청정을 시행했는데, 정희왕후와 달리 국정 전반에 깊이 관여한 것으로 알려져 있다.

이 밖에도 선조 대의 인순왕후, 순조 대의 정순왕후, 헌종 대와 철종 대의 순원왕후 그리고 고종 대의 신정왕후가 수렴청정을 하였다. 특히 순원왕후는 두 차례나 수렴청정을 맡았다. 이를 모두 합하면 조선 시대에 수렴청정은 총 일곱 차례 시행되었다.

이렇게 수렴청정의 뜻과 배경, 그리고 이를 시행한 왕들을 정리해 보니, 깊이 들어갈수록 내용은 복잡하고 어렵다. 그럼에도 불구하고 최소한의 기본 지식은 반드시 쌓아 두어야 학문에도 도움이 되고, 언젠가 다시 겪을지 모를 '망신'에 대비할 수 있다는 생각이 들었다.

문장의 5형식

✳

　영어 공부를 하다 보면 문장의 5형식이라는 말을 보게 되고, 듣게 되기도 한다. 5형식이라는 말은 1형식부터 5형식까지 5가지가 있다는 말이다. 그런데 이 5형식 공부에서 가장 중요한 것은 동사의 쓰임이다. 즉, 동사가 가장 중요하다. 동사는 8품사에서 배운 바로 그 동사다.

　그리고 영어의 문장은 반드시 주어와 동사가 있어야 한다. 물론, 'Oops!' 하는 감탄문이나 'Go ahead.' 하는 명령문은 주어가 없거나 생략된 문장일 수도 있다. 그러나 일반적인 문장에는 다른 것은 없어도 되지만, 주어와 동사는 반드시 있어야 한다. 바로 이 '주어와 동사'로만 이루어진 문장이 1형식 문장이다. 가장 간단한 1형식 문장을 예를 들면 'I go.'이다. 'I'는 주어고, 'go'는 동사다.

　그렇다면 주어와 동사 외에 또 어떤 것이 문장에 필요한가를 알아야 한다. 바로 그러한 것들이 보어, 목적어, 부사구와 같은 온갖 구들이다. 이때, 주어와 동사로만 1형식 문장을 만들 수 있는데, 주어와 동사로 문장을 만들었음에도 뭔가 불안하여 문장의 자격이 안 되면 보충해 주어야 하는데 이것이 '보어'다. 보어라는 말은 보충해 준다는 말이다. 이렇듯 '주어+동사+보어'로 된 문장이 2형식 문장이다. 2형식 문장의 가장 대표적인 문장은 'I am hungry.'이다. 이때, 'hungry'가 보어다.

다음의 3형식은 가장 일반적인 문장이다. '주어+동사+목적어'로 이루어진 문장이다. 이때 조심해야 할 것이 있다. '주어 한 단어, 동사 한 단어, 목적어 한 단어로, 단어의 합이 3개이므로 3형식이다.'라고 생각하면 안 된다. 주어와 동사에 목적어가 더 추가되어 3형식이라고 하는 것이다. 3형식 문장의 가장 일반적인 문장을 써 보면 'I eat bread.'와 같은 형식이다. 이때 'I'는 주어, 'eat'는 동사, 'bread'는 목적어다.

다음의 문장도 3형식 문장이다.

'My father eats breakfast at seven every morning.'

아마 처음 영어 공부를 하는 사람이나 5형식을 처음 공부하는 사람은 이상하게 여길 수도 있다. 나도 그랬다. '도대체 단어가 8개가 되는데 3형식이라니, 이해가 안 간다'라고 생각할 수 있다. 단어만 8개이지, 문장의 성분은 '주어+

동사+목적어' 3개뿐이다. 그래서 3형식 문장인 것이다. 만약에 이 문장이 8개의 단어로 이루어져서 8형식이라고 말한다면, 영어 문장은 5형식으로 안 끝난다. 위 문장에서 'My father'는 두 단어지만 '주어'다, 'eats'는 동사, 'breakfast'가 '목적어'다. 그래서 여기까지만 해도 문장은 부족함이 없다. 그런데 그 뒤의 'at seven~'은 꾸며 주는 말이다. 이것을 '부사구'라고 한다. 즉, 문장의 성분으로는 꼭 필요하지는 않지만, 자세하게 꾸며 주기 위해서 들어간 것이다.

이제 4형식 차례다. 4형식 문장은 목적어가 두 개인 문장이다. '주어+동사+목적어+목적어'인 셈이다. 그런데 이 목적어 두 개 중에 앞에 있는 목적어는 '간접목적어', 뒤에 있는 목적어는 '직접목적어'라고 한다. 다시 정리하면, '주어+동사+간목+직목'이다. 4형식 문장의 가장 대표적인 예는, 'I gave him a book'이다. 'him'은 '그에게'의 뜻으로 '간목'이고, 'a book'은 '책을'로 해석되는 '직목'이다. 그런데 이렇게 4형식 문장에서 주로 쓰이는 동사는 그렇게 많지 않다. 나중에 더 공부하면 된다.

마지막으로 5형식 문장은 문장의 성분 4가지가 모두 사용되는 문장이다. '주어+동사+목적어+보어'다. 네 토막이라고 생각하여 4형식 문장이라고 생각하면 안 된다. 아까 1

형식 문장 설명에서, 1형식 문장이 뭔가 부족하여 보충하는 보어를 넣어서 만들어야 하는 문장이 2형식 문장이었듯이, 3형식 문장의 '주어+동사+목적어'로 문장을 만들었지만 뭔가 부족하여 보충하는 '보어'를 더해 준 문장이 5형식 문장이다. 5형식 문장의 대표적인 예를 제시하면 다음과 같다.

'I make him happy.'와 같은 문장이다.

I make him happy.

위의 문장에서 '주어+동사+목적어'까지만 해석하면 많이 이상하다. '나는 그를 만들었다.' 분명히 이상하다. 그래서 'happy'로 보충한 것이다. 여기서 'happy'를 보어라고 한다. '나는 그를 행복하게 만들었다.'이다. 그리고 나는 다음의 문장을 해석하는 데 한참 걸렸다.

'I wish you a merry Christmas!'

위의 문장에서 동사 'wish'는 '원하다, 바라다'라는 뜻이다. 그러면 위의 문장을 해석하기가 너무 어렵다. 위의 'wish'는 4형식 문장을 만드는 동사로서, '원하다, 바라다'라고만 알고 있으면 해석이 안 된다. 여기서 'wish'는 '목적어에게 ~을 기원해 주다'라고 해석해야 문장이 해석된다. 그래서 그렇게 해석하면, '나는 너에게 즐거운 크리스마스를 기원해 준다'라고 4형식으로 해석해야 한다. 물론, 더 간단히 해석하면, '크리스마스를 축하합니다'가 된다. 또 'wish'는 5형식 문장으로도 많이 쓰이는데, 여기서는 더 이상 나가지 않겠다.

이처럼 문장의 형식을 알고 형식에 맞게 동사를 해석할 줄 알아야 영어 공부에서 흔히 말하는 독해를 잘할 수 있다. 물론 영어를 사용하는 나라에서 태어나고 영어를 매일 사용하는 사람이라면 그런 걱정이나 그런 공부를 안 해도 될 것이다. 한국에 살고 있는 우리는 그렇지 않다. 그래서 문법 공부도 필요하다.

존경 8총사-
이, 아, 리 / 데, 레, 베 / 홈, 애드

✳

영어 단어를 공부하다 보면 같은 뜻을 가진 단어가 많다. 물론, 완전히 같지 않을 수도 있지만 거의 비슷한 뜻의 단어다. 그중 하나를 소개하려고 한다. 바로 '존경'을 뜻하는 단어다. 아마 초등 5학년 정도면 '존경' 하면 떠오르는 단어가 'respect'라는 것을 모르는 학생은 거의 없을 것이다. 혹시 영어 스펠링은 잘 모르더라도 '리스펙트'라는 말은 들어 봤을 것이다. 존경을 뜻하는 단어 중에서 가장 쉬우며, 가장 많이 쓰이고, 가장 대표적인 단어라고 할 수 있다. 여기서는 이러한 '존경'의 뜻을 가진 단어 8개를 소개하려고 한다. 바로 '존경 8총사'다.

우선은 다음과 같이 '이, 아, 리 / 데, 레, 베 / 홈, 애드'를 암기하면 좋다. 암기 학습은 나쁜 것이라고 말하는 사람이 많은데, 꼭 그렇지는 않다. 이해가 부족한 상태에서 무조건 암기하는 것은 적절하지 않지만, 완전한 이해의 바탕 위에 암기하는 것은 좋은 것이고 바람직한 것이다. 암기는 학습의 편리성과 적용의 신속성에 큰 도움이 된다.

　위의 존경 8총사를 하나씩 간략히 소개하면 다음과 같다. '이'는 'esteem', '아'는 'honor', '리'는 'respect'이다. '데'는 'deference', '레'는 'reverence', '베'는 'veneration'이다. '홈'은 'homage', '애드'는 'admiration'이다. 물론 초등학생에게는 위의 영어 단어들이 어려운 것은 사실이지만 우선 잘 읽어 보고, 나중에 두고두고 꺼내 보면 차츰차츰 이해된다. 어차피 중고교에 가면 만날 단어들이다.

　욕심 같아서는 위의 단어를 하나하나 더 파고들고 싶지만, 그러면 많은 아이들이 겁먹고 흥미를 잃을까 봐 참는다. 더 파고드는 것은 각자 하길 바라며, 영어 공부를 많이 하다 보면 자연히 그렇게 될 수밖에 없다. 예를 들어 'deference'는 '존경'을 뜻하는 단어인데, 'defer'라는 동사에서 온 것이다. 'defer'는 '연기하다, 경의를 표하다'의 동사다. 이 동사에서 나온 명사가 바로 'deference'인데, 'defer'의 명사가 하나 더 있다. 바로 '연기'라는 명사 'deferment'이다. 파고들수록 복잡해진다.

　사실은 '존경하다'라는 의미를 가진 동사가 하나 더 있다. 이 동사는 소개하지 않을 수 없다. 바로 'look up to'이다. 그러면 존경 9총사가 되는데, 그냥 8총사로 기억하고,

'look up to'는 보너스라고 생각하자. 그런데 이처럼 동사에 전치사가 2개 또는 3개 합쳐진 동사를 '구동사'라고 한다. 우리가 보기에는 전치사처럼 보이지만, 어떤 것은 부사라고 하기도 한다. 이것은 너무 어렵다. 그래서 많은 사람들이 영어를 포기한다. 모르는 것은 어쩔 수 없다. 그렇다고 포기는 하지 말자.

약자로 영어 공부 해요

✳

영어에는 축약해서 쓰는 단어와 표현이 정말 많다. 이런 단어를 약어(略語, abbreviation)라고 한다. 원래 단어를 전부 쓰면 글로 적기도, 말하기도 복잡하니까 앞 글자만 따서 줄여 쓰는 것이다. 국어사전이나 논문, 교과서 같은 곳에서는 '줄임말'이라는 개념을 강조하기 위해 '약어'라는 용어를 더 선호하지만, 일반적인 수필이나 블로그, 대화문에서는 오히려 '약자'가 더 자연스럽고 친숙한 표현이다. 그래서 여기서는 '약자'라고 할 것이다. 그럼 어떤 약자가 있는지, 원래의 뜻은 어떤지를 하나씩 알아보자.

자주 쓰이는 영어 약자

- **VIP- Very Important Person, 아주 중요한 사람**
very는 아주, 매우, important는 중요한, person은 사람

- MVP- Most Valuable Player, 가장 뛰어난 선수

most는 가장, 최고의, valuable은 가치 있는, 귀중한, player는 선수

- UN- United Nations, 국제연합

unite는 통일하다, 통합하다. united는 합친, 협력한, nation은 국가

- UNESCO- United Nations Educational, Scientific and Cultural Organization, 유네스코

국제연합 교육·과학·문화 기구. UN은 앞에서 설명한 것과 같고, educational은 '교육의'라는 뜻으로, education(교육)의 형용사다. scientific은 '과학적인'의 뜻으로, science(과학)의 형용사다. cultural은 '문화의'라는 뜻으로, culture(문화)의 형용사다. organization은 '조직, 단체'라는 뜻으로, organize(조직하다)의 명사다. 여기서 하는 일 중 가장 중요한 일은 보호할 가치가 있는 세계유산을 지정하고 보존하는 일이다.

- **USA- United States of America, 미국**

united는 앞에서 설명한 것과 같다. state는 '국가, 주'를 뜻한다. America는 이 자체로 미국을 뜻하기도 한다. united는 '연합한', states는 '주(州)'들, of America는 '아메리카 대륙에 있는'이므로, 글자 그대로 해석하면 '아메리카의 연합된 주들', 즉 '아메리카 합중국'이라는 의미다. 즉, 하나의 나라지만, 실제로는 50개 주(State)가 모여 있는 연방 국가(Federal Republic)를 강조하는 이름이다. 그래서 미국의 공식 명칭은 다음과 같이 정리할 수 있다. 영문 표기로는 United States of America, 줄여서 USA 또는 U.S., 한글 표기로는 미합중국(美合衆國), 일상 사용은 '미국'이다.

- **WHO- World Health Organization, 세계보건기구**

world는 세계, health는 건강, organization은 기구, 단체

- **UNICEF- United Nations International Children's Emergency Fund, 유니세프, 유엔 국제 아동 긴급 기금**

United Nations는 앞에서 나왔고, international은 '국제적인, 국제의'라는 뜻이고, children은 '아동, 아이들'의 뜻

으로, child의 복수형이고, emergency는 '응급, 비상'의 뜻, fund는 '기금, 자금'의 뜻으로 돈을 모은다는 뜻이다. 현재는 'United Nations Children's Fund'로 명칭이 바뀌었지만, 약자는 그대로 UNICEF를 쓴다. 전 세계 어린이의 생존·발달·교육·보호를 위해 활동하는 유엔 아동 권리 증진 기관이다.

의미가 다른 AI

- **AI(Artificial Intelligence), 인공지능**
artificial은 '인공의', intelligence는 '지능'이라는 뜻이다.

- **AI(Avian Influenza), 조류 인플루엔자, 조류 독감**
avian은 '새의, 조류의'라는 뜻이고, influenza는 '독감'을 뜻한다. 겨울철에 조류 독감 소식을 들을 때 쓰는 약자다.

일상에서 자주 쓰는 영어 약자

- **TMI- Too Much Information, 필요 이상으로 많은 정보**
쓸데없이 많은 이야기를 하면 이런 말을 듣는다.

- FAQ- Frequently Asked Questions, 자주 묻는 질문

- DIY- Do It Yourself, 직접 만들기

공부 팁

이번에 많은 영어 약자를 한꺼번에 배워서 조금 어려울 수도 있다. 하지만 주변 사람들이 아는 단어를 나만 모르면 속상할 때가 있을 것이다. 그래서 영어 약자를 만날 때마다 하나씩 차근차근 익히는 습관을 들이면 좋다. 조금씩 꾸준히 배우면 영어가 훨씬 쉽고 재미있어질 것이다.

<Zootopia(주토피아)>로
영어 공부 해요

*

    <Zootopia(주토피아)>로 영어 공부 해 보자. 'Zootopia'라는 말은 동물원을 뜻하는 Zoo와 이상향이나 천국을 뜻하는 Utopia를 합성하여 만든 말이다. '동물들이 행복하게 사는 천국 같은 나라'라고 하면 될 것 같다. 애니메이션 영화 <Zootopia(주토피아)>는 처음 시작하자마자 Zootopia에 살고 있는 가수 Gazelle의 노래로 시작한다. 가젤은 우리말로 해석한다면 '작은 영양의 일종'이라고 한다.

    처음 시작할 때 들리는 노래는 <Try Everything>이라는 노래다. 이 노래를 부르는 실제 가수는 'Shakira'이며, 콜롬비아의 세계적인 팝스타다. 처음 노랫소리는 마치 "꺽꺽 꺽꺽꺽" 하는 것처럼 들린다. 가수의 목소리가 독특해서 그런데, 실제는 "Oh, oh, oh, oh, oh"이다. 제목이 <Try Everything>인 것처럼 <Try Everything>이 여러 번 나온다. '모든 것을 해 보라'라는 말이다.

이야기는 주로 주디 홉스(Judy Hopps)로 불리는 토끼와 닉 와일드(Nick Wilde)로 불리는 붉은여우가 주토피아에서 일어나는 이야기로 진행된다. 주토피아 경찰서 최초의 토끼 경찰이 된 주디는 우연히 만난 교활한 사기꾼 여우 닉을 포유류 실종 사건 해결을 위한 협력자로 끌어들인다. 두 콤비는 티격태격하면서도 사건을 추적해 나가고, 결국 진실을 밝혀내고 주토피아의 평화를 지키는 든든한 파트너가 된다.

이러한 이야기 진행 과정에서 수많은 동물이 등장한다. 동물들의 이름만 영어로 공부해도 주토피아 애니메이션 공부의 보람이 있을지도 모를 정도다. 실제로 아이들은 동물을 좋아한다. 그래서 주토피아에 등장하는 동물의 이름을 극 중에서의 역할과 함께 모두 적어 본다. 등장 동물에 대한 공부를 참고하여 실제로 애니메이션 주토피아를 한국어 버전으로도 보고, 영어 버전으로도 보아 영어 공부에 조금이라도 도움이 되기를 바란다. 애기가 길어지지만 하나를 보탠다면, 나무늘보는 얼마나 느린지, 이름도 'Sloth'다. 느리다는 뜻의 'slow'를 연상시키면 암기가 잘될 것 같다.

〈주토피아(Zootopia)〉에 등장하는 주요 동물들의 실제 영어 이름

- Rabbit → 토끼(주디)
- Fox → 여우(닉, 페넥여우 포함)
- Lion → 사자(라이언하트 시장)
- Sheep → 양(벨웨더 보좌관)
- Water buffalo → 물소(보고 서장)
- Sloth → 나무늘보(플래시)
- Fennec fox → 페넥여우(피닉)
- Yak → 야크(야크 캐릭터)
- Jaguar → 재규어(맨차스 경호원)
- Gazelle → 가젤/영양(가수 가젤)
- Leopard → 표범
- Snow Leopard → 눈표범(경찰관 클로하우저)
- Hippo → 하마 / Elephant → 코끼리
- Giraffe → 기린 / Weasel → 족제비(듀크 위즐턴)
- Arctic shrew → 북극땃쥐(Mr. Big, 마피아 보스)
- Polar bear → 북극곰(마피아 조직원)
- Moose → 말코손바닥사슴
- Rhino(Rhinoceros) → 코뿔소

빨주노초파남보

✳

무지개 색깔을 순서대로 말하면 '빨주노초파남보'라고 합니다. 영어에서도 알파벳 앞 글자만 따서 'ROYGBIV(로이지비브)'라고 줄여서 말하기도 합니다. 우리는 흔히 보라색을 'purple'이라고 배웠는데, 무지개색에서는 'violet'으로 나옵니다. 그렇다면 purple과 violet은 어떤 차이가 있을까요? violet은 주로 자연적·과학적인 색깔에, purple은 일반적인 색깔에 사용합니다. 또 violet은 파란색에 더 가까운 보라색을, purple은 빨간색에 더 가까운 보라색을 뜻하기도 합니다. 따라서 일상에서는 대부분 purple을 사용하고, 정확한 색 구분이 필요할 때는 violet을 쓰는 것이 좋습니다.

무지개는 영어로 'rainbow(레인보우)'라고 합니다. rain은 비, bow는 활이라는 뜻입니다. 그런데 bow를 /boʊ/(보우)로 발음하면 '활'의 뜻이지만, 이것을 /baʊ/(바우)로 발음하면 '인사하다'라는 뜻이 됩니다. rainbow는 rain과 bow가 합쳐져서 만들어진 합성어입니다. 영어에는 이러한 합성어가 아주 많은데, 여기서는 쉬운 단어 몇 개만 소개할까 합니다.

Notebook= note+book

Sunflower= sun+flower

Blackboard, Moonlight, Cupcake, Toothbrush, Handbag, Snowman, Firefly, Football, Starfish, Mailbox, Doghouse, Skateboard, Headphone, Bedroom, Laptop

그런데 요즈음은 무지개를 보기가 쉽지 않습니다. 옛날만큼 무지개가 나타나지 않는 걸까요? 그런 것 같지는 않습니다. 무지개는 보통 낮은 하늘에 나타나는데, 도시에 살다 보니 온통 높은 건물에 둘러싸여 낮은 하늘을 보기가 어렵기 때문입니다. 게다가 낮 동안 하루 종일 실내에서 생활하니 하늘을 볼 일도 없습니다. 그러니 무지개가 아무리 자기 좀 봐 달라고 온갖 치장을 하고 나와 애원을 해도, 심지어 친구 무지개까지 동원하여 쌍무지개를 보여 줘도 사람들이 호응을 하지 않습니다. 아니, 할 수가 없습니다. 우리는 그렇게 한가하지 않습니다. 무지개가 토라지

기 전에 무지개를 만나 볼까 합니다. 비가 그치고 햇빛이
반짝 나오면 일부러 하늘을 유심히 살펴볼까 합니다. 태양
의 반대쪽 하늘을 말입니다.

형과 함께하는 영어 공부,
〈Lemon Tree〉

✳

동생: 형아, 우리 반에서 내일부터 아침 자습 시간에 선생님과 함께 〈Lemon Tree〉 부르기로 했어! 근데 어떻게 연습하면 좋을지 잘 모르겠어.

형: 오, 좋은데! 우리 때도 〈Lemon Tree〉 진짜 자주 불렀거든. 아마 이 노래 모르는 사람 거의 없을걸. 가락이 경쾌하고 밝은 느낌이어서 기분 좋은 노래처럼 들리지만, 사실은 기대했던 좋은 일이 아무것도 일어나지 않는 일요일 오후의 지루함과 허무함을 그린 노래야.

동생: 알겠어. 멜로디는 귀에 익었는데 가사는 잘 모르겠어. 'lemon tree, wonder how, wonder why' 정도만 들려.

형: 그럴 수밖에 없지. 아직 초5잖아. 영어 노래 가사를 다 알아듣는 건 쉬운 일이 아니야. 그래도 우리 한번 제대

로 공부해 보자. 형이 한 시간 정도 같이 도와줄게.

동생: 좋아! 열심히 배워 볼게!

형: 일단 자막 없이 노래를 처음부터 끝까지 두 번만 들어 보자. 눈은 감고, 귀로만 집중해서.

(두 번 감상 후)

동생: 오! '아이솔레이션'이라는 단어가 들렸어! 진짜 잘 들렸는데, 무슨 뜻이야?

형: 오, 잘 들었네! 'isolation'은 'isolate'라는 동사에서 나온 말이야. 'isolate'는 '분리하다, 고립시키다, 격리하다' 라는 뜻이야. 그러니까 'isolation'은 '고립, 격리' 정도로 보면 돼. 좀 어려운 단어긴 하지.

동생: 그리고 또 들리는 것들이 있어! all that I can see, boring room, driving around in my car, blue blue sky, up and down, like to go out, nothing ever happens, I don't want to go, turning, turning. 이런 거!

형: 우와! 진짜 잘 듣는다. 초5가 이 정도면 대단한 거야. 이제 좀 더 집중해서 들어 보자.

동생: 형, 그럼 몇 번이나 들어야 해?

형: 음, 집중해서 들었는데도, 열 번을 들어도 안 들리면 사실 백 번 들어도 어려울 수도 있어. 왜냐하면 말이지, 단어 자체를 모르면 아무리 들어도 뜻을 알 수가 없거든. 게다가 노래는 보통 말보다 훨씬 생략이 많아. 예를 들면 'I'm', 'It's' 같은 단어가 빨리 지나가거나 아예 생략되기도 해. 그리고 제일 중요한 건 연음이야! 예를 들어 'is just a'는 원래대로면 '이즈 저스트 어'인데, 노래에서는 '이저스터'처럼 붙여서 말해. 그래서 우리가 단어 하나하나 떼서 배운 사람은 듣기 어렵지.

동생: 아⋯ 그러니까 내가 모르는 단어거나 발음이 달라서 못 알아들은 거구나.

형: 맞아. 그래서 이제 형이 중요한 구절 몇 개만 알려 줄게. 이것만 알면 거의 다 따라갈 수 있을 거야.

It's just another rainy Sunday — 그냥 또 비 오는 일요일이야.

I'm wasting my time, I got nothing to do — 할 일도 없고 시간만 낭비하고 있어.

I'd like to change my point of view — 내 관점을 좀 바꾸고 싶어.

Yesterday you told me 'bout… — 어제 네가 내게 ~에 대해 얘기했지. 여기서 'bout은 about의 줄임말이야. 읽을 때도 '바웃'으로 읽어야 해.

Put myself into bed — 그냥 침대에 누웠어.

Baby, anyhow I'll get another toy — 어쨌든 다른 장난감을 가지게 될 거야.

형: 어때, 이제 좀 더 들릴 것 같지?

동생: 응! 이제 자막 보면서 다시 들어 보면 훨씬 잘 들릴 것 같아!

형: 좋아. 그럼 이제부터는 너 혼자 유튜브로 연습해 봐. 자막도 나오고, 친절하게 해설해 주는 영상들도 많거든. 한 가지 도움말! 처음에는 자막 켜고 보기, 익숙해지면 자막 끄고 듣기!

동생: 형, 진짜 고마워. 다음에 다른 노래도 같이 공부해 보자!

형: 언제든지~ 나중에 BTS 노래로도 해 보자고!

천자문 이야기-
知過必改 得能莫忘(지과필개 득능막망)

*

　오늘 천자문 공부는 125연 중 22번째 연인, 知過必改 得能莫忘(지과필개 득능막망)을 공부하고자 한다. 먼저, 아래와 같이 각 글자의 뜻과 음 그리고 그 글자의 쓰임을 공부한다. 한자 공책이나 빈 공책에 쓰기를 연습하면 더 빨리 익힐 수 있다. '지과필개 득능막망'을 여러 번 되뇌어 보면 금방 입에 달라붙고 기억에 남게 된다. 물론 그 뜻을 정확히 이해하고 암기해야 한다.

知 알 지, 지식(知識), 지능(知能)

過 지날 과, 허물 과, 과정(過程), 과거(過去)

必 반드시 필, 필요(必要), 필수(必須)

改 고칠 개, 개혁(改革), 개선(改善)

得 얻을 득, 소득(所得), 이득(利得)

能 능할 능, 기능(機能), 능력(能力)

莫 없을 막, (말 막), 막강(莫強), 막심(莫甚)

忘 잊을 망, 망각(忘却), 건망증(健忘症)

知過- 허물(잘못)을 알다
必改- 반드시 고치다
得能- 능함을 얻다(재능을 터득하다)
莫忘- 잊지 말라

知過必改- 잘못을 알면 반드시 고치고
得能莫忘- 재능을 터득하면 잊지 말라

莫(막) 자는 '없다'나 '저물다'라는 뜻을 가진 글자다. 莫 자에 쓰인 大(대) 자는 ⁺⁺(초두머리) 자가 잘못 바뀐 것으로 이해해야 한다. 莫 자는 지금은 주로 '없다'라는 뜻으로 쓰인다.

잘못을 알면 반드시 고쳐야 하는데, 그것이 쉬운 일이면 누가 걱정하겠는가! 노력할 뿐이다. 이미 저지른 잘못 없이 선하게 살고 있는 사람이 있는가 하면, 잘못이 너무 많아서 아무리 씻어도 잘 씻기지 않는 사람도 있을 수 있다. 그렇다고 하여 잘못을 씻으려는 노력조차 하지 않으면 안 된다. 지나간 잘못이 삶을 억누르는데, 어찌 또 새로운 잘못을 저지르려 하는가!

　재능을 터득하면 잊지 말라. 금방 잊어버릴 재능이라면 잘못 터득한 것이라고 봐야 한다. 잊지 않도록 더 닦아야 한다. 어제 배운 공부를 오늘 잊었다면, 제대로 익혔다고 할 수 없다. 따라서 잊지 않도록 계속 갈고닦아야 한다. 누군가에게서 좋은 가르침이나 삶의 교훈을 얻었다면, 마음에 간직하고 실천해야 비로소 제대로 익혔다고 할 수 있다. 또한 재능이 뛰어나다고 해서 거만해서도 안 된다. 거드름을 피울 재능이라면 금방 꺼질 물거품에 불과하다.

한자 이야기-
주살 익(弋), 창 과(戈)

✳

한자를 공부하다 보면, '주살 익(弋), 창 과(戈)'가 들어간 한자를 가끔 볼 수 있다. 두 글자는 비슷해 보이지만 '창 과'에는 '주살 익'에 없는 '삐침'이 한 개가 더 있으니, 당연히 완전히 다른 글자다. 다음을 참고하여 보면 이해가 쉽다. 戈(창 과)는 弋(주살 익)+ノ(삐침 별)이다. 여기서, 창 과의 창은 알겠는데, 주살 익의 '주살'은 무엇인지 궁금할 것이다. 주살은 '짧은 끈 달린 화살'이라고 한다.

그런데 앞에서 말한, 戈(창 과), 弋(주살 익), ノ(삐침 별)은 실제로 글자 그대로 쓰이는 일은 거의 없고, 다른 한자를 만들 때 부수로 쓰인다. 이것을 '부수자'라고 한다. 예를 들어, 戈(창 과)가 들어간 한자는 成(이룰 성), 我(나 아), 或(혹, 혹시 혹), 戰(싸울 전), 戚(친척 척)이고, 弋(주살 익)이 들어간 한자는 式(법 식) 자가 있으며, ノ(삐침 별)이 들어간 한자는 之(갈 지), 乏(없을 핍), 乎(어조사 호)가 있다.

설명하면 할수록, 보태면 보탤수록 어려워서 이쯤 되면

한자 공부를 포기할 것 같다. 그래서 아래에는 앞에서 공부한 주살 익, 창 과와 모양이 비슷한 한자를 소개할 테니, 각자 관심이 있다면 더 공부하기를 바란다. 알면 힘이 된다. 한자를 많이 알면 다른 공부를 하는 데 편하다.

戊 다섯째 천간 무, 무오사화(戊午士禍)

戉 도끼 월

戍 수자리 수, 위수(衛戍), 위수령(衛戍令)

戌 개 술, 열한째 지지 술, 임술민란(壬戌民亂)

戎 되 융, 오랑캐 융, 융기(戎器)

戒 경계할 계, 경계(警戒), 계엄(戒嚴)

사다리꼴의 넓이

동생: 언니, 직사각형의 넓이와 삼각형의 넓이 구하기는 쉬운데, 사다리꼴의 넓이 구하는 것이 자꾸 헷갈리고 이해가 안 돼.

언니: 아마, 사다리꼴의 넓이 구하는 공식이 길어서 그 공식을 암기하려니 어렵게 느껴질 거야.

동생: 맞아. 윗변의 길이와 아랫변의 길이를 더하고, 여기에 높이를 곱하고, 또 나누기 2를 해야 해. 너무 복잡해.

언니: 여기서 중요한 것은, 왜 윗변의 길이와 아랫변의 길이를 더하는지를 알아야 해. 이것이 가장 중요해. 이것만 알면 왜 마지막에 2로 나누는지도 이해가 되거든.

동생: 그냥 암기하면 되는 줄 알았는데, 그 이유를 알아

야 쉽게 이해가 된다는 말이네.

언니: 공부할 때 암기는 이해가 된 다음에 암기를 해야 해. 무조건 암기하면 머리만 복잡하고 금방 까먹게 돼. 자, 왜 윗변의 길이와 아랫변의 길이를 더해야 하냐면, 그 이유는 사다리꼴의 모양에 그 열쇠가 있어.

동생: 모양에 열쇠가 있다고?

언니: 정사각형, 직사각형, 마름모, 평행사변형은 윗변의 길이와 아랫변의 길이가 똑같아. 그런데 사다리꼴은 윗변의 길이와 아랫변의 길이가 달라. 그래서 길이를 같게 하려고 윗변의 길이와 아랫변의 길이를 합하는 거야.

동생: 아! 이제 알겠어. 그러니까, 똑같은 사다리꼴을 하나 더 만들어서 원래의 사다리꼴의 옆에 이어 붙인 거네.

언니: 바로 그거야. 모양을 뒤집어서 이어 붙이는 거야.

동생: 그러니까, 평행사변형 모양이 되고, 사다리꼴이 두

개가 된 거네.

언니: 그렇지. 여기에 높이의 길이를 곱해서 나온 값은 사다리꼴 두 개의 넓이를 계산한 것이니, 2로 나눠 줘야 사다리꼴 한 개의 넓이가 되는 거야.

동생: 아, 이제 정말 까먹지 않을 것 같아. 언니, 진짜로 고마워.

언니: 아니야. 어려운 설명을 잘 이해한 네가 대단한 거야.